迷失东非

带着宝宝去非洲

Hawky，Sissi 著

中国海洋大学出版社

·青岛·

目录

去旅行
一个人走，是精彩
两个人走，是浪漫
三人行，是幸福

和最爱的人，去世界上最美的地方……

去非洲

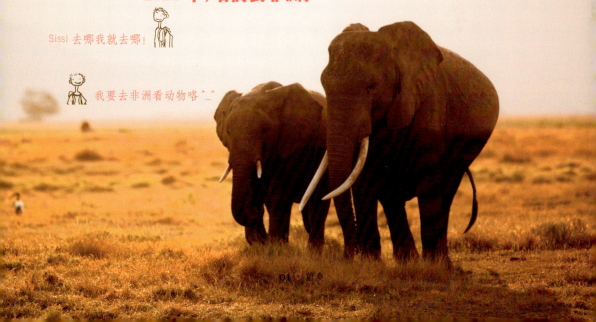

为什么要去非洲？ 这个目的地的选择没有想像中那么纠结。欧洲、北美、大洋洲、东南亚陆陆续续地走过，**如果要换口味，**下面最具异域风情的目的地应该在非洲、南美和南极。南美洲国家的签证实在太难，**而奈近自然的非洲，是5岁的颜小宝的首选**——这里有赤道上的**雪山**，有望不到边的**草原**，有被粉红的**火烈鸟**覆盖的湖泊，**有雄狮，有象群，有勇敢的马赛人**；有孤独，有自由，有生而平等……这些词，让人身未动，心已远。于是一切变得毫无悬念。**2011年，咱们去非洲！**

Sissi 去哪我就去哪！

我要去非洲看动物咯^_^

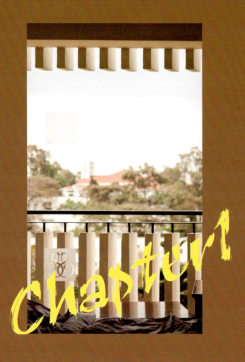

Chapter1

内罗毕一瞥

　　Ben 开车带我们在内罗毕的市中心转了一圈,看了看内罗毕的主要建筑,包括会议中心、被恐怖分子炸毁的美国大使馆原址、政府大楼等等。与想象中贫穷落后的非洲相比,内罗毕给我们的印象还不错,与中国城市包括深圳等不那么"典型"的区域相比,相差不大。

★内罗毕，白云之乡

　　当地时间中午一点多，我们搭乘的卡塔尔航空飞机降落在内罗毕的乔莫·肯雅塔国际机场（Jomo Kenyatta International Airport）。机场设施有些陈旧，机场入境处只有两个柜台向持有肯尼亚签证的外国人开放，所幸也没有很多"外国人"入境。

　　移民局官员的动作熟练，但是不快。我们知道，我们的生活从这里开始要慢下来了。移民局官员的态度很友好，以中文"你好"开头，对我们也没有任何为难。

TIPS: 来之前，在网上看到有人被移民局官员刁难，不得不付钱了事。我们的签证是中国香港领事馆手写的，连个章也没有，之前一直忐忑会不会被"挑刺"，我们因此带上了中国香港领事馆的收据以备万一。

一出大厅，就看见一个小个子黑人举着纸牌"Sissi×3"，不用说，一定是来接我们的Savuka旅行社的员工。莫非他就是指定的司机兼导游"Ben"？这时，旁边一个如黑塔一般的黑人向我们伸出手："你们好！我是Ben。"哇！居然是比我还高的黑人。这副身材，如果他想起个中文名字，我会毫不犹豫送他两个字"张飞"。万一旅途中双方意见不合，他会不会左手抓Hawky，右手拎Sissi，嘴巴再叼上一个小尨尨呀，咿呀咿哎哟。

　　Ben开车把我们拉到Panafric Hotel，我们将在那里与旅行社老板Joyce见面。据说内罗毕是全球十大"首堵"之一，不过一路上只在一个红灯路口等的时间稍长，其他路段看起来还好。内罗毕的交通拥堵情况是不是被夸大了？很多事物，国外和国内比，一般要少个零。不过，我们刚到内罗毕，还不能下任何结论。

　　Panafric Hotel和我们将在Nakuru入住的Sarova Lion Hill Lodge同为Sarova

★换汇点所在街道　★City Market门口　★肯雅塔会议中心

下属的连锁酒店，预订时曾看到网上有人对 Panafric Hotel 做出负面评价，但看到酒店的第一眼让我们没有为这个决定后悔，至少酒店大堂的装饰比较精美，还很温暖。Joyce 就在大堂里等着我们。我们和她通过数十封电子邮件，算是"笔友"。Joyce 四十多岁，说话慢条斯理，逻辑清晰，是一个精明且讲道理的商人。我们付清了余款，Joyce 没带零钱，约好明天送过来。我们进行了简单的交谈，Joyce 给了我们一份打印好的行程以及简单的斯瓦西里语词汇表。

　　斯瓦西里语（Kiswahili）属于班图语族，是非洲语言中使用人口最多的一种，肯尼亚的官方语言之一（另外一个是英语），坦桑尼亚的唯一官方语言，赞比亚、马拉维、布隆迪、卢旺达、乌干达、莫桑比克等国家的重要交际语。（摘自维基百科）

TIPS: 关于小费，我们咨询了 Joyce。因为我们没有足够的小额现金，如果每家酒店 Check-in 和 Check-out 的时候都要付小费给服务员的话，可能会有问题。Joyce 告诉我们，在这里小费不是必须的，看自己的感受给。

　　Joyce 与我们约定次日早上八点再次见面后离开了，留下 Ben 陪我们做 City Tour。

　　我们先去房间放行李。酒店的房间相比较大堂而言就"寒酸"了一些，但最重要的，没有破旧之相，整洁，必要设施齐全，完全符合我们的期望。而且，靠阳台的地方有一张加床，这让我们很意外。

　　略微休整后，我们下楼，由 Ben 带领着去游内罗毕车河。Ben 先带我们去一家兑换点换钱。出国前我查过肯尼亚先令兑美元的汇率是 102（中间价），在机场进关前有兑换点给出 97 的汇率，我觉得太低没有换，不过在 Ben 带我们去的这家，大额兑换的汇率也是 97（兑换 50 美金以上）。后来看到其他兑换点，高的也就是 97。肯尼亚外汇兑换的利润真是太高了。兑换点给的都是 1000 和 500 先令的面额，我想换些 50 或 100 先令的零钱，付小费用，但是对方坚决地摇了摇头，"没有"。

　　Ben 开车带我们在内罗毕的市中心转了一圈，看了看内罗毕的主要建筑，包括会议中心、被恐怖分子炸毁的美国大使馆原址、政府大楼等等。与想象中贫穷落后的非洲相比，内罗毕给我们的印象还不错，与中国城市包括深圳等不那么"典型"的区域相比，相差不大。

　　在肯尼亚街头可以看见大幅手机广告"Two SIM, Loud Music（双卡双待，音乐震耳）"，我脑子里立刻蹦出"深圳，过气山寨机"，但是上面的 LOGO 却写着"Nokia"。深圳的山寨机在遥远的非洲被诺基亚给山寨了，世界真奇妙啊。

途经 LP（Lonely Planet 自助旅行圣经）介绍的 City Market 时，我们决定进去转一圈。很多人说未经许可，不能给马赛人拍照，但是 City Market 里的小贩并不介意，还有人开着玩笑互相推让，甚至有人主动要求被拍。

第二天，Joyce 来给我们送行，顺便看我们是否愿意订热气球 Safari。零钱也按照汇率 100 换成了肯尼亚先令找给了我们，这个汇率是我们整个行程中看到最好的。早知如此，就和 Joyce 换钱了。

不羁的摇滚

安博塞利（Amboseli）

　　成群的角马、斑马悠闲地吃着草，毫不在意我们的出现，大象迈着坚实、稳重的步伐，仿佛从亘古的时代缓慢走来。秒针消失了，时间在这里也放慢了脚步。安博塞利草原好似一曲摇滚乐，动物们就是音符，羚羊跳出灵动的和弦，大象踏出坚实的鼓点，不管哪种动物，它们都有一个共同的特点——自由！仿佛它们就是这天与地之间的主人，没有压抑，没有恐惧。我们则像一群异类，闯入这片原始世界。呼吸着不羁的空气，我们有些目眩神迷。

八点多，我们离开 Panafric Hotel。Ben 原以为我们会七点半出发，以避开内罗毕的交通高峰。Ben 先开车去内罗毕国家公园购买安博塞利等国家公园的门票，然后才正式上路，驶往此行的第一站——安博塞利（Amboseli）。这一来一回，就在内罗毕最拥堵的马路上耗费了一个小时。

TIPS： 开往安博塞利的公路质量不错，算是肯尼亚的高速公路，不过只有双向两车道，如果要超车就必须要在对面车道逆行一段。

　　道路两旁是大片的被黄草覆盖的平原和丘陵，越往南金黄色就越浓郁。不知道是不是远古时代留在基因中的烙印，金黄色会给人以丰收的感觉。当我们的面包车行驶在肯尼亚的公路上时，心也开阔起来，填满了对丰收的渴望。

★一批接一批的动物前来迎客

★"长颈鹿""路边树丛中，一只长颈鹿探出脖子，打量着我们这群不速之客，然后掉转身体，慢慢没入树丛当中

★看着车窗外的尘土"瀑布"，Sissi先知先觉："我们现在就是传说中的人肉吸尘器"

　　在阳光的烘烤下，我们欣赏了一会儿窗外的风景，看累了就倒头睡一会儿，然后再睁开眼睛，贪婪地猎取几处美景。

　　一点多钟，乞力马扎罗山出现在我们前方，黑乎乎的，隐没在更大范围的乌云中。

　　这里地表的土基本都灰尘化了，汽车开过就扬起一片灰尘。即使我们关紧窗户，灰尘依然顽强地钻进车厢。好在我们有备而来，专门买了几十个仿"维多利亚的秘密"的防尘口罩，头发则用帽子遮住。柏油公路在公园大门口结束了，汽车转入一条土路，感觉这条路就像刚被轰炸过，坑连坑，洼套洼，车辆开过泛起的灰尘落在车窗上如下雨一般。

★经过半天车程，我们终于抵达目的地

安博塞利，我们来了

特色的洗手间

我们在安博塞利入住的是 Kibo Safari Camp。Camp，顾名思义就是帐篷。不过，我们入住的不是通常见到的野营时临时搭的小帐篷，而是帐篷屋，里面床、洗手间、淋浴、桌子等一应俱全，赶上成吉思汗的级别了。和房子、小木屋等类型的 Lodge 最大的区别是，"房间"的门就是三条拉链。

肯尼亚景区的酒店基本上都提供"Welcome Drink"，通常是芒果汁或混合果汁，以及擦脸的毛巾。对于刚从"沙尘暴"中逃脱出来的我们，毛巾无异于久旱甘露、雪中送炭。

餐厅此时依然有自助午餐供应，午餐时间一直持续到下午三点。座位已经根据房号安排好，不论早中晚餐，座位一般不再变动。

龙龙对牛奶的感情就像老烟鬼对香烟一样，每天必喝几大杯。安博塞利餐厅午、晚餐不以饮品形式提供牛奶（即使付费），但是免费提供的茶则配有一罐牛奶。为了满足龙龙的"奶瘾"，即使我们对茶没有太大的喜好，每餐也必点两壶茶，然后偷偷把牛奶倒进龙龙的杯子里。

餐厅的一位男侍者每次见到龙龙都会和他打招呼，然后龙龙就羞涩地低下头。什么时候龙龙可以再大方一些呢？

TIPS： Camp 没有提供电热水壶，而且这里的自来水即使烧开也不能饮用，沾过水的手摸起来黏糊糊的，不知道富含什么矿物质。我们每次吃完饭，都会向侍者讨一壶开水。

Game Drive

下午，我们开始此次肯尼亚的第一次 Game Drive。再次走过尘土飞扬的"坑车"路，进入公园后道路反而"清爽"了很多。

安博塞利草原身披夕阳，闪耀着金色光芒，散发出粗犷而又强壮的力量。相隔遥远的几棵金合欢树，牢牢地将草原钉在脚下。

成群的角马（Wildebeest）、斑马（Zebra）悠闲地吃着草，毫不在意我们的出现，大象迈着坚实、稳重的步伐，仿佛从亘古的时代缓慢走来。秒针消失了，时间

★生命的画卷

在这里也放慢了脚步。安博塞利草原好似一曲摇滚乐，动物们就是音符，羚羊跳出灵动的和弦，大象踏出坚实的鼓点。不管哪种动物，它们都有一个共同的特点——自由！仿佛它们就是这天与地之间的主人，没有压抑，没有恐惧。我们则像一群异类，闯入这片原始世界。呼吸着不羁的空气，我们有些目眩神迷。

我们来肯尼亚前，有人疑惑我们的选择。"你们想去肯尼亚看动物？为什么不去深圳野生动物园呢？又方便，又容易看到很多动物？"不止一个人十分严肃地如此建议。"野生动物园？"虽然冠以"野生"二字，但是每当我看到铁丝网后面的老虎追着游客手里的鸡腿而上蹿下跳，大灰狼无精打采地呆立在院子里，臃肿的黑猩猩孤独地坐在玻璃窗后，用所有的智慧向游客讨要一些饮料，我无法相信这就是这个星球上自由生活的动物的状态。当动物远离它们世代生活的家园和土地，它们就像离开地面的安泰俄斯，丧失了自己的力量和灵性，而成为一个个可以行走的"标本"。被饲养的动物，我们所能见到的只是它们的外表，它们无处奔跑，不用为食物忙碌，无法展现自己的力量，同样也忘却了死亡。没有死亡，还有生命吗？在"野生"动物园中，它们就如一摊死水，在沙漠中蒸发，或者在水池中腐烂。自由生活在动物世

荒芜的安博塞利像一曲不羁的摇滚。象群在漫天黄中游走着，仿佛从亘古缓缓行来

界和生物链条中的动物，才是丰满、完整和有生命的动物。肯尼亚草原上的动物就如一条条溪水，或潺潺，或奔腾，流淌出生命的形状与色彩，也将肯尼亚草原描绘成生命的画卷。

在安博塞利，我原本有一个"雄心勃勃"的计划——拍摄银河闪耀的星空，最好还能将乞力马扎罗山收入镜中。徒步三峡的时候，帐篷外满天的繁星曾让 Sissi 和我如痴如醉；在稻城时，头顶的璀璨星空也让我们欣喜若狂，"世界上惟有两种东西震撼着我的心灵：一是头顶灿烂的星空，二是心中崇高的道德法则"。而深圳的夜空，已很久无法产生震撼的力量。此次肯尼亚之行，我们希望能再次走进夜海，去打捞遗失的繁星。我也想当然地认为，没有污染的非洲，一定是漫天星斗。晚餐后，步出餐厅，我们正准备仰望星空的目光，却被四处移动的大块浮云无情地挡了回来，叹息之余唯有寄希望于余下的旅程。不过，龙龙却有了自己的收获，就在我和 Sissi 聊天的时候，龙龙看见天上一条亮光划过，经过他一番不太精确的描述后，我们告诉他："这是流星！"也许没有期盼反而更有收获吧。看着天空吹响集结号的浮云，我们又开始担心明天是否能看到乞力马扎罗的真面目。

清晨的乞力马扎罗

    乞力马扎罗海拔只有 5892 米,比起珠峰只是个"小矮人",但它是非洲第一高山,被称为"非洲屋脊",而且是位于赤道附近唯一的雪山,在非洲当地民众心目中异常神圣。坦桑尼亚的开国总统尼雷尔在坦桑尼亚独立的时候曾经说过,把火炬插上自由之峰(乞力马扎罗山),让它照亮坦桑,照亮非洲。我们看不到乞力马扎罗照亮非洲,不过;能照亮我们就足够了。由于气候变化,乞力马扎罗山顶的积雪和冰川的消失现象极为严重,可能过不了几年,就再无冰雪可看。看赤道上的雪山,仰望乞力马扎罗,这也是我们来安博塞利最主要的目的。

    第二天清早,当我拉开门帘,探出头向外望去……乞力马扎罗的"脸"露出来了!只有头顶还盖着层层白云做成的面纱。Sissi 闻讯大喜,三下五除二穿戴完毕,操起相机奔了出去。我"收拾"完尨尨的洗漱穿衣,也跟了出去。

    此时乞力马扎罗的白云面纱已经被掀起,山顶的积雪在阳光的照耀下熠熠生辉,安博塞利这曲不羁的摇滚,在此刻达到高潮! 旁边两个四川老乡据说已在此住了三天,今天才看见乞力马扎罗的真容。如此说来,我们还算运气不错了。

★乞力马扎罗虽然位于坦桑尼亚境内，但是最佳的观望点却在肯尼亚

★ 安博塞利草原虽然动物不多，但是在旷野上穿行本身就是愉悦的享受

★ 国家公园内的道路指示牌

发现第一只狮子

今天安排了全天的 Game Drive。Ben 开着车穿过草原,不时有车从后面快速超越,扬起大团灰尘。

路边的小斑马也好奇地看着奔驰而过的四轮铁皮怪物。"妈妈,那些是什么东西?""噢,那些是自称为'人类'的家伙和他们的'汽车'。""他们为什么不歇一歇,和我们一起享受这么美好的时光和风景?""人类总想把一分钟当两分钟花。""嗯,听起来挺好啊,时间可以这样增加吗?""是的,他

们得到了想要的时间,但是其中只有三十秒享受到了生命。"

安博塞利虽然因为干旱而草木稀疏、黄土外露,不过也有水洼,有沼泽,有绿洲。绿洲中草木茂盛,聚木成林。

沼泽里不光有大象等动物,还有把自己埋在烂泥里的河马(Hippo)。树丛中,两只水牛正充满敌意地看着对方,没想到被我们的闯入所打断。绿洲深处甚至还有一家酒店,但已经停业,成为了狒狒的家园。

就在 Sissi 忙于拍摄角马等"大路货"的时候,后面传来十分微弱的声音:"Hello~~"我们回头,是后面车上的一个小姑娘在和我们打招呼。她指着车的另一侧。"那里有一只狮子。"我们顺着她手指的方向,只看见了两百

★一只鸟立在路边一动也不动，感觉有些奇怪……看起来扁扁的，好像用纸板做成。我脑子里闪过一个词语——正龙拍虎，难道肯尼亚也兴用纸板做动物哄游客开心？正犹疑间，那只鸟挪动了两步，方才打消我的疑虑

★那只一身灰的母狮子一动不动地趴在灰色的灌木丛前，好像街头行为艺术一样，肉眼看去就是灰色背景布中的一个灰色小点而已，若不是后面那辆车的司机眼力好，真的很难发现

米外的灌木丛。"就在灌木丛边上。"龙龙和我立刻拿起望远镜，对准灌木丛的边缘地带。"真的有狮子，是一只母狮子。"我首先发现目标。我原来一直纳闷，安博塞利这么多食草动物，怎么没有看见一只食肉动物？这时，终于放下一颗心来。

龙龙饥渴地看着外面的世界，不是透过我们安排的车窗，而是站在椅子扶手上，像我们一样从车顶探出脑袋，然后大呼小叫地向车内乘客大声宣告，"那里有角马……前面有斑马……那里有大象。"即使汽车开动，他也斜靠着超级敞篷，迎着扑面的凉风，像一个指挥官一样看着四周的草

△荒芜的安博塞利

28

原，不时举起他的望远镜，瞄向天际。

我很好奇，汽车晃动的时候能看清吗？我举起望远镜瞄了一下，头晕目眩，赶紧作罢。

"龙龙，你用望远镜看得清吗？"

"看不清！"龙龙一本正经地回复。

我和 Sissi 愕然，一秒钟后，哈哈大笑。

瞭望山

安博塞利有一个小型飞机场。机场一角还用石头摆出"AMBOSELI"的字样。在车上憋了许久的龙龙终于可以像这里的动物主人一样自由地行走，他好奇地翻动着骷髅头，没有一点怯意。

中午，Ben 把车开到瞭望山（Observe Hill）脚下，我们下车步行上山，在山顶的凉亭内享用外带午餐。由于游客食物残渣的吸引，数百只栗头丽椋鸟（Superb Starling）栖息在凉亭周围，随时趁游客不注意叼取小块食物。

站在山上朝四处望，安博塞利草原变得立体起来。原本稀稀拉拉的动物更加稀少，可能躲起来乘凉去了，只有几只"铁甲怪兽"拖着尾巴不知疲倦地奔跑着。山脚下有一大片沼泽，里面藏着不知名的生物，象群缓慢地移动着，世界好像被按下了慢放键，周围一片寂静，眼睛仿若闯入史前世纪。习惯了

★ 亲子侦察兵

★ 步行上山

嘈杂、纷扰的尘世，这片无声、平和的世界反而给我们更大的震撼。

从安博塞利大草原上向四处看，随时都能看到若干个直达云霄的龙卷风，仿佛外星人光临地球的场景。浮云的背后有没有外星人的飞船？他们是不是要赶在2012年前，接走要上方舟的动物？我们差点就可以验证这个猜测——一个尘土飞扬的龙卷风横扫了我们的面包车，车身剧烈晃动了两下后，龙卷风又移步而去了。

草原上的动物多数只是站在原地吃草，或慢悠悠地走着，很难看到奔跑跳跃的动物。毕竟万物以食为天，奔波操劳不是生命的目的。路边一群瞪羚被汽车惊扰，沿着道路齐跑逃窜，但汽车本身也在沿道路前进，因此看起来瞪羚一直在被汽车"追捕"而无法逃脱。遇到树枝挡道时，瞪羚一只接一只地跃起，在空中划出一道道弧线，犹如一个个跃动的精灵。

★ 瞭望山全貌

★感谢镜头给了我另外一只眼睛，可以用它去捕捉到原本会被忽略掉的美丽细节

★山顶上的蓝色栗头丽椋鸟（Superb Starling）

★山下是一幅现世安稳岁月静好的景象

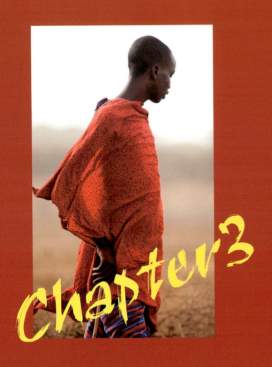

Chapter 3

文明冲突中的马赛人
马赛村（Masai Village）

　　马赛导游见我没有什么问题问，主动搭腔："你看我的鞋子。"我低头看去，一双十分简陋的黑色橡胶凉鞋："这是用摩托车轮胎做的，很便宜，但是很结实，可以穿十年"。马赛导游十分骄傲地告诉我。我不知如何回答：赞叹？还是告诉他，在我们的世界里这都不能算做鞋子？当看到马赛人如此简陋的生活条件时，我下意识地觉得他们很贫穷、很可怜，但周围马赛人脸上发自内心的笑容马上让我明白，我们那个充满了物质但笑容越来越少的世界，并不见得就比马赛人的世界更先进、更高贵。

在安博塞利和马赛马拉（Masai Mara）都能参观马赛村，Ben 建议我们安排在安博塞利，因为这里马赛村距离 Lodge 近一些。

下午四点，结束了全天的 Game Drive 之后，Ben 把我们拉到了距离公园大门不远的马赛村。远远的，我们看见一阵又一阵风卷着黄沙穿过马路扑向路边的马赛村，风沙中的面包车如果换成悍马，游客换成美国大兵，就感觉我们站在了伊拉克的土地上。

两个年轻的马赛人走了过来，穿红衣的先和我们打招呼，他将是我们马赛村之旅的导游；旁边穿紫衣的是酋长，他基本不说话。红衣人表示过欢迎后，我们就进入正题——买门票。红衣人首先解释，门票钱将会由七个村庄共享，帮助部落成员改善生活。言下之意，这是做善事。他不知道，我们这时候已经切换到了"生意"模式，"善"心已经被休眠了。红衣人开价 25 美元 / 人，龙龙免费。Sissi 绕着弯子说朋友来只用了 15 美元，但似乎红衣人没有弄明白 Sissi 想要表达什么，我直接开口，"我们导游说20 美元一个人"。红衣人想了想，

★马赛人的迎接

文明冲突中的马赛人

★钻木取火

成交。

交过钱，红衣人为我们介绍后面的流程，包括钻木取火，舞蹈，家访，等等，还特意强调，照片，随便拍；问题，尽管问。

马赛村由一排低矮的围墙环绕，围墙上面铺以荆棘，防野兽。所谓村门就和墙上的一个缺口差不多，没有任何装饰。进入大门后首先是一片小广场，再往里是一排低矮的房子。广场上，几个马赛人正蹲在地上表演钻木取火，一个马赛人奋力在一堆稻草中搓着一根小木棍。

马赛导游拈起几根枯草，"这是 Elephant Grass（大象草），是大象的巴巴"。马赛导游怕我们没听明白，把手放在屁股后面，示意了一下。估计大象消化功能不强，吃下去的草居然几乎原封不动地排了出来。几分钟后，扑哧，火着了，马赛青年跳起来击掌庆贺。

接下来，马赛导游领着我们走到一栋房子前，"这是我的家，用了一个月盖好。窗户，很小，野兽进不去。"他捡起一块石头，在自己的小臂上写下"4"、"8"，"我有 4 个老婆，8 个孩子。"然

★屋内的"妈妈"是位年轻的女子，她在昏暗的光线下仍不失端庄的气质

后示意我们跟随他进屋。

Sissi和龙龙猫着腰，像两只老鼠一样钻进那个大黑洞。我往前迈了一步，背上的背包卡在了门口，只有脑袋可以转动，就像试图闯进吉米老鼠窝的汤姆猫。我除下背包，磕磕碰碰挪进黑屋，走廊上只有碗口大的窗户是全屋几乎唯一的光源。我的眼睛过了几秒钟后才适应了黑暗的环境，得以"偷窥"马赛人的房间。"房子有两个房间，爸爸妈妈（应该是马赛导游和他的四个老婆）睡一间，孩子睡一间。"走廊顶头的屋里摆着一张类似榻榻米的床，隔壁更小的大约四平方米的房间里，一个妇女和两个小孩正在烧水，这间屋怎么看都无法睡人。我和Sissi都没有弄明白他们家十二口人到底如何分配房间。

屋外传来马赛人的歌声，广场上马赛男男女女已一字排开，边唱边跳。

妇女和男子分开排列。不过我还是花了几秒钟才确认男子那队确实全为马赛

★他们自信的笑脸让人觉得非常欢乐

★Sissi受邀和妇女一块跳

男子，因为他们有些人长得清秀，身穿艳丽的服装，头上还戴着花哨的头饰。乐曲旋律和舞蹈都挺简单，不过和声效果很好。时不时会有一位马赛妇女走出队列，独舞一小段（说是舞蹈，其实只有几个动作），或者一个小伙子走出来，表演跳跃。

《夜航西飞》中说成年的马赛人能够跳得和自己身高一样，如果说的是不屈体，那么从这些人的表演中，我看不出这点。但是他们的跳跃很有特点，轻盈，跳跃连续进行，每次起跳前没有什么准备动作，不下蹲，屈膝的动作也很轻微，只靠小腿轻轻发力就能超过我们要用全力才能跳到的高度。所有马赛人都很修长，肌肉紧实但不大块，小腿肚子也不突出，很像草原上的羚羊，只不过这群"羚羊"可以杀死狮子。

"听说马赛人可以杀死狮子？"我向马赛导游求证。

"当然。我们的衣服为什么是红色的？这就表示是用狮子的血染成的。"

"你们现在还能捕杀动物吗？"

"现在不允许了。不过每个马赛人可以猎杀一只……"我没听太清楚后面的话，可能是说马赛人成年时可以杀死一头什么动物。

★红袍在阳光下帅得一塌糊涂

马赛人以放牧为生，牛羊就是他们收入和食物的来源，牛血还是他们的"饮料"。有时，当马赛人饥渴的时候，就在牛身上戳一刀，然后插进一根管子喝血。

马赛导游见我没有什么问题问，主动搭腔："你看我的鞋子。"我低头看去，一双十分简陋的黑色橡胶凉鞋："这是用摩托车轮胎做的，很便宜，但是很结实，可以穿十年。"马赛导游十分骄傲地告诉我。我不知如何回答。赞叹？还是告诉他，在我们的世界里这都不能算做鞋子？当看到马赛如此简陋的生活条件时，我下意识地觉得他们很贫穷、很可怜，但周围马赛人脸上发自内心的笑容马上让我明白，我们那个充满了物质但笑容越来越少的世界，并不见得就比马赛人的世界更先进、更高贵。

Sissi 带着龙龙去给马赛小朋友发糖果。十多个小朋友一拥而上，龙龙顿时手足无措，不知道该如何是好。马赛导游赶过来维持秩序，要求每个人只能拿一颗糖，但是大声训喝依然无法避免混乱的场面，马赛导游只好接过龙龙手里的糖果袋，代为分发。

　　舞蹈被喊停了，也许觉得游客已经看够了吧，另一方面来说，歌声舞蹈一直是在重复一些段落，没有很强的故事情节，也就无法有一个自然的结束。然后进行下一个节目——祈祷。马赛导游告诉我们，"不管你是中国的，还是欧洲的，非洲的神都会保佑你们。"可是非洲的神数百年前就被欧洲的神给打败了呀。大家脱帽蹲下，一个马赛人站在中间大声念着什么，其他人就说"奈（音）"来应和。"奈（音）"的意思类似于基督教的"阿门"。

　　就在村子后面，一片空地上，数十位马赛妇女在路两边摆着地摊。马赛导游说，我们看到合适的尽管拿，然后出去结账。两边的妇人不停地向我们推销东西，我们来之前完全没有购物的计划，又看不到价格，只能一次一次地婉拒，然后看到她们失望的表情，这让我和尨尨不知所措。

　　马赛导游继续带我们参观马赛人的小学，这里已经看不到其他游人。我们在风沙中向远处的一栋房子走去。"以前，小孩就在这棵树下面上课。"马赛导游指着路中间的一棵大树。学校里没有学生，已经放学了，是啊，否则村里面就不会有那么多小朋友了。马赛导游介绍，这栋房子就是好心的游客赞助建立起来的，他特意强调其中还有中国人的帮助。然后，他话语一转，问我们愿意捐多少。幸亏我们带了水彩笔，告诉他这就是我们准备送给小朋友的。马赛导游略微有些失望，不过依然保持着平静。他又展示他的手杖，说如果我们想要，这个可以卖给我们。我们赶紧以这可能是名贵木头材料，海关不让出境婉拒了。

　　然后导游又带我们看马赛人的取水点，以及牛羊的饮水槽。尨尨说，"累了"，一屁股坐在水槽上，马赛导游跟着重复道，"累了"，然后问我是什么意思。

　　我问马赛导游，为什么不在村庄前面多种点草和树，以缓解风沙。马赛导游解释草都被动物吃了，然后重复念叨我用的一个英文单词，可以看出，这个马赛导游一直在学习。Sissi 忙着在村口拍照，马赛导游就一直陪着我和尨尨，回答我们抛给他的各种问题，一直到我们上车，结束整个行程。最后，马赛导游问我对这次行程和他有什么意见，我对他的

评价是"学习能力很强"。

在马赛村的参观，给我们最大的感受是他们对金钱的渴望。Ben 这么解释为什么马赛人不准别人给他们拍照："他们是想要钱。"说的也有道理。如果真如部分人所说，马赛人认为灵魂会被相机偷走的话，给钱就让拍不是出卖灵魂吗？当 Sissi 拍照的时候，一群小朋友就围着她喊"Donate（捐赠）"，甚至有一个大概两岁的小朋友把手伸进 Sissi 的口袋。我们

的马赛导游，也一直游说我们打开钱包。但另一方面，我们也能感受到他们并非是"钻进钱眼"唯利是图。即使我们紧捂钱包，他们的眼神依然纯朴，依然热情地招待我们，和尨尨开心地嬉戏。

马赛人是这片土地的主人，他们已在此生活了数千年，有着自己的语言、生活方式、社会习俗、文化，或者说，自己的文明。当白人携带着现代文明来到这片土地时，两种文明就如两个星系碰撞了，弱小的星系被撕了个粉碎，一部分被毁灭，一部分慢慢被强大的星系吸收。马赛人就处在这种转换的过程中，既要保护自己的社会和文化，又要适应或部分融入一个更为强大的社会和文化。我相信他们的内心也会有一些困惑和苦恼。

作为外来者，我们无法用自己社会的眼光去看待另一个社会体系的行为方式，更不想用自己的价值观去评价这片土地的主人。我们来这里的基本目的是了解这片土地，用一位奇女子的话说："想看到真正的世界，就要用天的眼睛去看天，用云的眼睛去看云……用动物的眼睛去看动物，用人的眼睛去看人。"当我们无法用马赛人的眼睛看他们时，我们必须闭嘴。

同时，我们也反思"善良"的出发点是否带来了正面的效果。"通往地狱之路，通常是由善意铺成的"。当我们自以为散播爱心，十分随意地为非洲朋友送上各种礼物的时候，可能会让他们以为游客送给他们东西是天经地义，他们也许就将游客的馈赠当成生活来源的一部分。这在我们看来缺乏自食其力的态度，在他们看来可能就像天要下雨一样正常。我们也才明白，做慈善其实有很多必要的礼节、技巧，不是光有爱心就可以，而这正应该是民间专业慈善机构的价值所在。

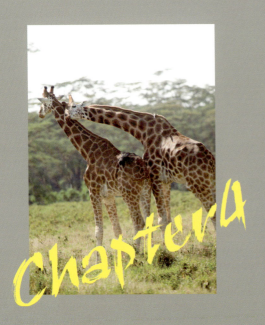

Chapter4

恋爱中的动物们

纳库鲁（Nakuru）

野外的长颈鹿有一种迷人的气质,它们的长腿——虽然比起脖子不够长,但迈步走的时候就像电影中的慢动作一样,缓慢而优雅,每一步仿佛都经过深思熟虑,准确地踏到下一个设计好的地方。长颈鹿真可以称得上非洲草原的绅士,我一下子爱上了它。

★自由的行程，困了就自己在后座上躺着睡觉

从安博塞利去纳库鲁必须经过内罗毕。Ben 把我们拉到 Joyce 的 Guest House 吃午餐。从成本上来说，Joyce 这种做法比较省钱。对我们而言，热热的意大利面怎么也比外带的食物强，也算是双赢，唯一不太好的是，要花费额外的时间。

东非大裂谷

中途经过大裂谷(Rift Valley)。如果不是站在高处，根本想象不出下面的那片大平原会是大裂"谷"。

观景台上有几家纪念品商店，一旦有游客下车，就会有几个人围拢上来兜售各式纪念品。小贩都很有礼貌，当我们拍照的时候，他们会自觉退到镜头范围以外。但是，他们的韧性就像保险推销员一样足，一边寻找各种话题和我们聊天："你们从哪里来？你们要去哪里？你面前的大裂谷里面有如下景观……"一边介绍他们手中的商品。我们必须给出充

足的理由说明为什么不买,同时说上一百次"不,我们确实不打算买,谢谢",才能打消他们继续推销的念头。

　　观景台的栏杆外有五个当地小朋友坐在山坡上玩耍,我们决定送他们几盒水彩笔。当我从车上拿出五盒水彩笔时,只有两个年龄比较大的小朋友还在原地。他俩伸出手接过我们递过去的两盒水彩笔,但手并没有缩回去。"我们会给其余三个人送过去。"我和 Sissi 对望了一眼,这靠谱吗? Sissi 隐隐觉得有些不对。就在我们犹犹豫豫没有做出决定的时候,那两个小朋友已经从我手里把笔抓了过去,然后飞一般地跑了。当我们转身上车之际,之前五个人中的一个小孩从山下跑了上来,冲着我们喊:"我还没有。"

路途中不时经过一些散布在道路两边的村镇，房子十分简陋，大多是铁皮屋。有人在路边摆小摊，向往来商旅兜售蔬菜、水果。偶尔会经过一个地摊集市，就像二十世纪八十年代国内大部分的自发市场一样，所有衣服、鞋子等商品都"裸体"（没有包装）堆在地上，只有本地人在里面挑挑拣拣。我有些奇怪，他们如何从那堆小山一样的鞋子中翻出同一双鞋呢？

沿途经常看到挎着冲锋枪的警察查车。他们用铁蒺藜拦在车道上，检查货车是否超载，对于旅行社的车则不闻不问。

纳库鲁国家公园

我们下午四点多的时候才抵达纳库鲁国家公园。我们接受 Ben 的建议，先不去酒店，直接 Game Drive。在公园门口，尨尨和我们打开车顶棚，在安博塞利，尨尨就已经偷师学会了开关顶棚的技巧，自那之后，这项工作就交给了我们，尨尨也多了一项乐事。

"那是什么？"尨尨喊了起来，指着山坡上的两只动物。犀牛，是犀牛！Ben 看了一眼说："是黑犀牛。"不管白犀牛还是黑犀牛皮肤都是黑黑的，我们很好奇 Ben 是如何分辨的。Ben 说黑犀牛的体形比白犀牛小，嘴唇窄一些。尨尨为自己的侦察成果兴奋不已，我赶紧把他升为"高级侦察员"，让他继续观察。

刚进大门，就看到一只大狒狒端坐在路边，仿佛守

门的金刚。和其他地方的动物比起来，这只狒狒就像久经镜头考验的明星，不论我们左拍、右拍、横拍、竖排、群拍、单拍，它就那样坐在那里，偶尔转一下，换个面给我们。

和安博塞利比起来，纳库鲁湖区的树木就如天上的星辰一样多，云则厚得好像马上就要下雨——事实上，我们刚到纳库鲁湖边，正准备下车奔向一群塘鹅（Pelican）时，下雨了！Ben 无动于衷地发动汽车，掉头，离开。Sissi 不甘心地望着湖边的大鸟，犹豫地想建议等雨停再走。为了拍照，我们一向奢侈地抛洒时间。不过，这次我们决定尊重 Ben 的选择。事后证明，我们并没有失去什么。

我们在林间山路上穿梭。看着外面的绿色屏障，尨尨丧失了继续寻找动物的兴趣，在树高草密的丛林中确实难觅动物踪影，不过，也可能和坐了太久的车有关。Ben 嘱咐我们，务必观察树上，因为花豹（Leopard）喜欢栖息在树上。我赶紧告诉尨尨，谁首先发现花豹，谁就可以当上"队长"。在"高官"的诱惑下，尨尨重振精神，站起来和我们一起侦察。不过，在夜色越来越重的丛林里，除了不惧人类的猴子和霸住道路的狒狒，很难看见其他动物。

天色已晚，Ben 决定返程去酒店。经过一片树林时，Ben 突然把车刹住，探出头朝车右边，也就是湖边的树林中寻觅着什么。我们顿时来了精神："有什么状况吗？"

"猴子在叫，可能有什么事情要发生。"

我们站起身向车外看去，原来蹲在路两侧的猴子、狒狒都不见了，树上猴子上蹿下跳

叫个不停。Ben告诉我们,很有可能猴子发现了它们的敌人——通常是花豹,就在树下的草丛中。Ben指着我们右侧的区域说:"这里,一定会发生一些事情。"

猴子们在树枝上不安地走来走去,吠叫着,好像一群多嘴的乌鸦。我们屏住呼吸搜索着十米外暮色下的草丛,任何草木的摇摆都可能是花豹潜伏其中。八双眼睛眼巴巴地盼望着花豹的出现。可是,这花豹硬是隐藏在草丛中不显露一点踪迹。十多分钟后,Ben终于忍不住,发动汽车走了。那群猴子还在我们身后继续吠叫。我有些疑惑,会不会是这群猴子故意整蛊我们啊?或者它们防范的根本就是我们?

花园般的酒店

在纳库鲁我们预订的是Sarova Lion Hill Game Lodge,坐落在半山腰,整间酒店就像个花园一样。每间客房就是一栋小屋。说是小屋,其实室内面积还是挺大的,那一圈蚊帐和超King Size的大床尤其惊艳。虽然窗边还有一张单人沙发床,不过这么大的床足够我们三个一起睡了。龙龙又一阵兴奋,像猴子一样床上床下乱窜,然后

照例对各个房间、柜子内外都搜索了一番。

　　一日三餐依然是自助餐，餐厅很漂亮。我们照例为尨尨点了一杯牛奶。"One milk, please." 我们对侍者说。侍者听到我们和尨尨说"牛奶（中文）"，于是跟着重复了一句："Milk，牛奶？"我们有些惊讶他学习中文的兴趣和速度。我们又问，牛奶怎么收费？"给大人，收费。"然后侍者指着尨尨说："不过给小朋友，免费。"我们再次惊讶，小朋友居然有这项福利。那位侍者更让我们惊讶的还在后面。这家酒店有不少中国客人，有一个大团，也带了不少小朋友。侍者给他们上饮料的时候，对着小朋友问："牛奶？"

湖畔观鸟

　　第二天上午，我们直奔主题，到湖边看火烈鸟。林间迎面吹来的风冷飕飕的，我们不得不用围脖和帽子遮住脖子、脸和脑袋。

　　汽车开出树林，远远看到湖边停了一大群鸟，但是，那大嘴明显不是火烈鸟，而是塘

鹅(Pelican)。夹杂在中间的, 貌似有一小群火烈鸟, 但是个头不大, Ben 说那是小火烈鸟(Less Flamingo)。我们期待的满天漫湖的火烈鸟大部队包括大火烈鸟(Great Flamingo)并不在这里。那能在哪里呢, Sissi 有些失落。"博戈里亚(Bogoria)", Ben 安慰我们: "这里看不见, 明天我们在博戈里亚一定可以看到。"

　　虽然没有火烈鸟, 不过一大群塘鹅也有些意思。对我们来说, 能有一大群鸟已经是难得一见。尨尨不在乎有什么鸟, 反正可以在草丛里、水边走动, 那就有乐趣。我提出拿个三脚架, 尨尨主动请缨, 跑回车上, 吭哧吭哧扛着三脚架走下来。在草地上, 尨尨试图为我们扯出支架, 但是远远的, 我发觉有些不对劲, 尨尨一直蹲在那

里，在草丛里寻找着什么东西。我走过去，原来龙龙扯支架的时候，把螺丝弄丢了一个。这个小子，经常帮倒忙，我心中有些不快，如果把三脚架弄坏了，很多照片就没有办法拍了，尤其是我的银河星空。小朋友学习成长的过程，就是不断犯错的过程，有些代价无法避免。这么想也就释然了，我头一晃，从"黑脸"的严父变为"白脸"的慈父，安慰有些受挫的龙龙，一起找到了螺丝，继续湖边漫步。

Ben 忽然示意我们看后面："犀牛（Rhinos）。"远远的山坡上有几个小点，我们用望远镜瞄过去，好像是三只犀牛。它们就那么远远地站在草丛中，低头吃着草，丝毫不理会一群粉丝正热切地盼望着它们可以屈尊下行几步。非洲犀牛不像非洲水牛遍地都是，稀少得很。看看网上关于肯尼亚的游记，大家攀比的都是"我看见 X 次犀牛，其中

X 次白犀牛"。非洲犀牛又分黑犀牛和白犀牛，数量都很稀少，在人类的"关照"下，看一眼少一眼。

说来也挺有意思的，犀牛在非洲大地上基本没有什么天敌，一身厚甲百齿不侵，纵横草原无兽能敌，鼻子上的那两只角（有的是一只），虽然看起来奇怪，但狮见狮跑、豹见豹窜，在非洲动物兵器谱上位列前三。狮王馋昏了头也只能偶尔抓只宝宝犀牛尝个鲜。但是，犀牛从上帝那里讨来这么一身神兵利器，自然也要付出一些代价，就是繁殖速度很慢，四年左右才能生一头小犀牛。

"吻颈之交"长颈鹿

野外的长颈鹿有一种迷人的气质,它们的长腿,虽然比起脖子不够长,但迈步走的时候,就像电影中的慢动作一样,缓慢而优雅,每一步仿佛都经过深思熟虑,准确地踏到下一个设计好的地方。长颈鹿真可以称得上非洲草原的绅士,我一下子爱上了它。

纳库鲁有不少长颈鹿家庭,爸爸妈妈带着孩子出来郊游。

一对长颈鹿爸爸和长颈鹿妈妈放任长颈鹿小朋友走远。

然后,开始了蓄谋的"二鹿世界"。

长颈鹿爸爸用头摩挲着长颈鹿妈妈的脖子，一下，又一下，再一下。

长颈鹿妈妈终于有了回应，仰起头亲吻长颈鹿爸爸。"这就叫'吻颈之交'吧。"我小声对 Sissi 说。

长颈鹿爸爸妈妈终于注意到了几个偷窥者，慢慢地向远处等候它们的长颈鹿小朋友走去。

"喂，小伙子，写游记的时候写准确了，不要写成'刎'颈之交，那样我可就成虞姬了。"我疑心长颈鹿妈妈会有这样的担忧。

"那些人为什么一直坐着四个轮子的铁盒子跑来跑去？""很多人类就是这样，像秒针一样跑得飞快，却只是一直围着一个自己也不清楚的中心原地转动。"又或者，它们还会有这样的对话吧。

爱中的动物们

★ 疣猪，就是《狮子王》中名叫彭彭的家伙，天生一副笑眯眯的脸

★ 它和这只小鸟在对视，然后，然后，吓得跪了下去

★ 别胡扯啦！实情是彭彭习惯跪着吃草

　　水牛有时候也和狒狒一样，或坐或卧霸占着道路中央和两侧。"水牛十分十分危险。"Ben 一边念叨着，一边慢慢地朝水牛群开过去。"那我们这么开过去会不会很危险？"我们不放心地问 Ben。

　　"现在没事，如果有牛宝宝，就会很危险。那时水牛十分敏感，为了保护宝宝，会进攻靠近的人类。"

　　童年的我也被一头母牛追得落荒而逃，一脚踏上牛粪，仅仅因为我试图向一头牛犊打个招呼，而那头母牛一向都是乖乖地给我们骑的。全世界的雌性动物千差万别，但有两样共同的东西可以让她们性情大变：一曰爱情，二曰母爱。

　　草原上的食肉动物除了引人注目的狮子、豹子，还有很多不怎么引人注意但也是草原不可或缺的肉食动物。例如小豺（Jackal），它蹦蹦跳跳在草丛中穿梭的样子，十分可爱。

狒狒崖远眺

之后，我们驱车上狒狒崖（Baboon Cliff）。这里树荫蔽日，是俯瞰纳库鲁湖的绝佳地点。山下鸟儿浮游在如镜面一样的纳库鲁湖上，几只黝黑的野牛在湖边饮水。没有喧嚣，没有杀戮，可谓人处屏风里，鸟度镜面中。唯一的遗憾就是没有火烈鸟。

其他游客纷纷下山，但我们还流连于此，不舍得离去。

忽然，Ben 招呼我们赶紧上车。"水牛！"十多米外的树丛中，数十只黝黑的水牛战士不知何时摸到了我们的侧后方，它们排列成弧形，企图将我们逼向公路。在非洲，水牛是十分危险的动物，发起火来，可以将车顶翻。我们赶紧拉着龙龙跑上车，现代文明的汽车，总能跑过原始的水牛吧。而水牛战士就只是站在那里，不动声色地看着我们狼狈的样子。Ben 有些不甘心，捡起一块石头扔了过去，却没有引起任何骚动。对于胜利者而言，失败者的小小发泄不能改变结果，是可以原谅的。

Ben 开车来到公园的一处大门，续门票费用。这里也是不少公园员工休息和生活的场所，以及猴子的乐园。

★孙大圣的一个徒孙吃了豹子胆，爬上面包车，蹲在倒后镜上朝车内打量了一番，确认车内的三人都不是如来后，摸进驾驶室，妄图窃取车钥匙，我们赶紧举起"照妖镜"，企图录下它的"犯罪行径"

三只狮子

回到酒店休息到下午3点,我们正准备开始下午的Game Drive,倾盆大雨从天而降。Ben说,纳库鲁和干旱的安博塞利不一样,这里比较潮湿,下午经常下雨——所以这不是专门针对我们的。

一路开过去,连个动物的影子都没有,包括最拽的狒狒。是啊,都躲雨去了,谁还在路边等我们啊。Ben开到一处小路,不再前行。"那里路不好,可能过不去。"前面看起来确实有个水洼,不知道深浅,要是陷进去就不妙了,那就掉头吧。就在这时,路那头开过来一辆面包车,车上站着几位外国小朋友,先用英文和我们打过招呼,然后问我们:"会说中文吗?"原来他们是混血。他们告诉我们,在他们来的方向有五只狮子。狮子!我们立刻精神起来。Ben也从对方司机那里获得了信息。我们重新出发,冲过水洼,穿过树林,在一处大草甸旁,见到几辆面包车停在路边。不用说,肯定在看狮子呢。

20多米开外,一只雄狮子坐在草丛中,忧郁的眼神完全无视游客的身影。它焦虑地起身、坐下又卧倒,毫不理会近在咫尺的数辆面包车和车顶的"长枪短炮",它的眼神向着右侧延伸,发射出情意绵绵的电波。

其他狮子呢?我们用望远镜搜索四周。离这只雄狮子数十米外,隐隐约约还有两只狮子匍匐在草丛中,余下的两只再也找不到,估计已经走了。我们和狮子较量着耐心,看谁熬得过谁。终于，数分钟后，远处的两只狮子站了起来，"一只公狮子，一只母狮子。"我赶紧汇报。母狮子不耐烦游客"色迷迷"的眼神和公然拍摄它们"裸体"照片的行径，朝草原深处走去。公狮子则朝那只孤独的雄狮走去。"狮群一般是一只公狮子和几只母狮子组成，不允许有两只公狮子。这两只公狮子要打架了。"Ben为我们解释。哇，两只公狮要为一只母狮决斗，"冲毛一怒为红颜"，太爽了。我们为即将发生的惨剧欢欣鼓舞——好像缺乏一些人性啊。"李自成狮"一步步逼近"吴三桂狮"，"吴三桂狮"赶紧站起来，准备迎战。我们的心跳随着"李自成狮"的步伐迅速加快。近了，近了，两狮相遇了。两只公狮抱在了一起。"咬啊，使劲咬。"我们在心里为双方呐喊。多么费尔泼赖的观众啊！嗯？两只狮子抱着倒在地上，怎么动作那么轻柔？它们没有打架，而是在戏耍。当年李自成和吴三桂是这么打仗的吗？我们赶紧向Ben汇报："它们没有打架，它们在……玩耍。""噢……那它们不是情敌，是朋友。"Ben耸了一下肩，马上改变结论，不顾我们失望的心情。"李自成狮"和"吴三桂狮"并排卧在草地上，讨论了一会儿要江山还是爱美人，然后分别起身跟随"吴圆圆狮"而去。

难道今天的狮子大戏就这么结束了？面包车纷纷启动，顺着路奔向草甸的另一头。车刚停下，母狮就出现在视野中。母狮穿过马路，趴在一棵树下，过了一会儿起身，连爬带跃上了树。已经有些审美疲

劳的游客们发出阵阵惊呼，长枪短炮又纷纷伸出车外。两只公狮也各自对着母狮张望。最终，三只狮子走了，留下优雅的背影，面包车们也作鸟兽散。

回去的路上，又看见之前的几辆面包车停在一片树林旁，众人正朝树林中张望。又有什么情况？ Ben 赶忙打听，原来一位司机看见了花豹，但在大部分人的视线触及它之前，它就消失在了树林深处。唉，两天都和花豹擦肩而过，看来，我们和花豹无缘无分啊。

路边，牛儿还在山坡吃草，看牛的却还没有吃到晚饭。真羡慕它们这种从早吃到晚，却从不担心体重的精神。

晚饭前，酒店内提供了非洲民族舞蹈表演。篝火旁的舞台上，几位非洲演员自己伴奏、自己跳舞、自己唱歌，表演非洲各民族的舞蹈，热情又活灵活现。节目精彩而且免费，所以座无虚席，即使一部分座位被篝火的烟雾所笼罩。节目末尾，演员们站在通道旁推销他们的 CD、VCD、DVD。嗯，看来也不是完全免费。不过，各国游客在看"霸王戏"方面高度一致，每个人都戴上犀牛皮面具，直接从演员身边走过。

Nakuru的清晨

　　离开纳库鲁的那天清晨，我们在早餐前去湖边做 Morning Game Drive，再去看看塘鹅，惊讶地看见一只公狮和三只母狮组成的狮群在路边睡觉，都快赶上狒狒的习惯了。我们经常说：吃荤的人易怒，吃素的人平和一些，这个原则套在非洲大草原的动物身上则一点也不适用。通常我们以为草原上最危险的动物是狮子、豹子，其实对于游客来说，最危险的动物是水牛、犀牛、河马。这两牛一马虽然都是吃素的，但敏感易怒，发起火来，游客只有祈祷的份儿。反观狮子，它知道自己是王者，笃信"只有我吃别人，没有别人吃我"，反而心态平和。

　　果然，我们看见一个狮群——三只母狮和一只公狮，它们在草原上与四只水牛对峙。难道狮子要捕猎水牛？有好戏可看了。"狮子只是在监视水牛而已。四头狮子打不过四只水牛，至少要三、四头母狮才能捕猎一头水牛。" Ben 给我们当头浇了一桶雪山水。

"嗨,那边有几个人想让我们展示兽王的风范,现在就进攻水牛。"

"让我们去送死?我们又不是义和团或者神风武狮。能成王者,不仅在于杀敌时的勇猛,更要有生存的智慧。"

母狮们不紧不慢地从侧面逼近水牛,但又保持一定距离,水牛毫不怯懦,且吃且走经过一条道路时,水牛之间拉大了距离,被道路分成了两组,狮子也果断地插在两组水牛之间,但依然没有动手的意思。

"狮子现在不会捕食的,我们还是走吧。"跟随着狮子走了一截路后,Ben 果断打消了我们观看狮牛大战的奢念。

恋爱中的动物们

★清晨的Nakuru

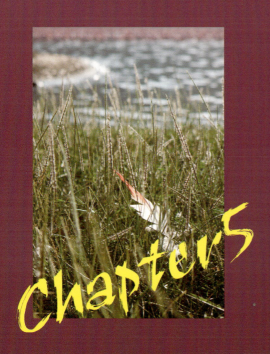

Chapters

火烈鸟的合唱

博戈里亚（Bogoria）

　　一些火烈鸟准备去晨练，结队奔跑、起飞，犹如一支支利箭射向天际。Sissi 的打鸟"火铳"紧紧锁定目标，机关枪一样的快门声响彻博戈里亚，转眼间天空中朵朵血花，水面一片"血海"，一个小时不到，Sissi 打完了一个基数的弹药——16GB 存储卡。这是打鸟吗？这根本就是"屠杀"！屠杀相机快门和 CF 卡！

把博戈里亚（Bogoria）纳入行程纯粹是为了那群到处迁徙的火烈鸟。

博戈里亚和纳库鲁的景色截然不同，气候干燥、炎热，树木比纳库鲁稀少很多，同样稀少的还有人烟。我们经过一处简陋的酒店，穿过同样简陋的公园大门，进入寂静、荒凉的博戈里亚公园。

TIPS： 从纳库鲁去往博戈里亚的路还算不错，当然，这是相对于之后几天的道路而言。接近博戈里亚的那段路就像搓衣板一样，颠得我们骨质疏松，牙齿打战。

★龙龙刚开始还有点害怕，躲在爸爸背后

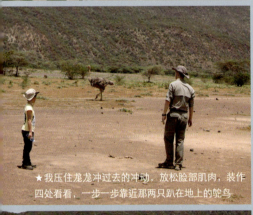

★我压住龙龙冲过去的冲动，放松脸部肌肉，装作四处看看，一步一步靠近那两只趴在地上的鸵鸟

★就在我们距离鸵鸟还有七八米的时候，两只鸵鸟突然跃起绝尘而去，留下两个土坑和一缕灰尘给我们

Ben 停下车，示意远处有两只鸵鸟："灰色，雌鸵鸟。"他告诉我们可以下车去与它们"合影"，如果它们愿意。能在公园里下车走动永远都是惬意的事情，除了——鞋子不够厚，因为我才走了十步不到，突觉右脚底刺疼——一根树刺已经突破了鞋底穿过了袜子，最后被我粗糙的脚底厚肉挡住。都说非洲危险，看着四周地上的荆棘树刺，此时此刻我才感觉到非洲确实"危机四伏"。

我们继续驾车驶向公园深处，远处出现一个湖泊——博戈里亚湖！！可是——火烈鸟呢？我们千里迢迢骨松牙颤不惧日晒差点脚穿大洞地跑来想一睹芳容的铺满湖面的火烈鸟，你们在哪里？ Ben 也有些疑惑了，不过，他的经验支撑着他回答道："一定在这个湖里！"

远处湖边出现一抹粉色。"火烈鸟！"Sissi兴奋地大喊。粉色可以是桃林，可以是丝带，可以是绯闻，但在这里一定而且必须是火！烈！鸟！它们确实是火烈鸟，虽然没有铺满湖面，没有漫天起舞，但是已经让千里迢迢骨松牙颤不惧日晒差点脚穿大洞的我们大致满足了。

这里有一处景点叫"温泉(Hot Spring)"，湖中一处温泉突突地吐着热水，岸边有一些树墩，那就是我们午餐的桌椅。靠近岸边的水面上大群的火烈鸟正不知疲倦地吮吸着水藻。

颠簸 + 烈日 + 饱餐 = 困。在 Sissi 的请求下，我们在车上伴着火烈鸟的叫声和影像小寐到下午三点。

温泉处的火烈鸟不够密集，远处水湾貌似有成片的火烈鸟。我们顺着湖边的茅草丛寻路走去，还未走到近前，火烈鸟就像闻到大蒜味一样，纷纷掉头而去。我们还不能责怪它们不懂待客之道，因为它们也不是径直掉头而去，而是一边埋头水中过滤着水藻，一边慢慢走着，好像在寻觅水藻更多的地方，只是那"地方"都不在我们跟前。看着远去的火烈鸟，纵使手持 300mm 的"打鸟"镜头，Sissi 也只能望鸟兴叹。

我心生一计，让 Sissi 原地坐着扮稻草人，时间会冲淡恐惧，让火烈鸟慢慢习惯这么一个陌生生物，我则带着尨尨沿着公路往水湾的另一头"迂回"。小朋友很难原地不动坐很久，而且这些天来看了这么多动物，又多是坐在车里，尨尨已经有些审美疲劳，十分需要一些可以参与的活动。在公路上，我给尨尨讲了一下我的"计谋"——迂回包抄，以及迂回包抄的要诀：保持安静，以增加尨尨的兴趣。

我们观察了半天，火烈鸟不是正在埋头吃饭，就是在赶往下一个饭局的途中。火烈

★Bogoria那个下午，除了火烈鸟和碧蓝的湖，还有很多影像混着和煦的光和凉爽爽的风留在了记忆中

鸟通过吃水藻等浮游生物获取虾青素，虾和蟹煮熟了变成红色就是因为富含虾青素的缘故。不过，火烈鸟不用烤就可以呈现出红色。只是眼前的这群火烈鸟以我们的期望值而言，还是有些"营养不良"。火烈鸟所需的水藻对水的酸碱性很敏感，故而受天气影响比较大，雨水太多或太少都不行。这也是为什么有时候火烈鸟待在纳库鲁，有时候跑到博戈里亚的原因。

　　Ben 看天色不早，带我们返程，同时告诉我们，还有一个地方可以看到火烈鸟。车开到湖的

★火烈鸟多数就在原地觅食，不过也偶有火烈鸟振翅起飞，向着湖的另一头飞去。湖的另一边也停着很多火烈鸟。火烈鸟在空中交错，划出一道道粉色的轨迹

起点，远远望去，湖怎么是粉色的？Sissi 和我对望了一眼，有些纳闷——车越开越近，My God！整个湖面都是火烈鸟，这才是传说中的"接天烈焰无穷赤"。还没走到岸边，就听见潮水般节奏的"哗哗"声。当分辨出巨大的声响是来自眼前这一湾火烈鸟的鸣叫时，我们被这粉红的生物秒杀了！我们刚才为什么在 Hot Spring 那里"浪费"几个小时而不直接来这里？！

我们赶紧和 Ben 约好，明天一早，日出前赶到这里。Ben 确认没有问题，因为这个公园开门时间早一些。

我们在博戈里亚入住的是 Bogoria Spa Resort，博戈里亚没有太多的旅游设

施,这家酒店算是这里最好的了。Bogoria Spa Resort 就像一个已经破落的贵族,酒店花园很不错,房子也有着浓厚的英伦风格,但是客房内的设施就不敢恭维了,老旧缺乏维护,大概相当于国内老旧的一、二星级宾馆。

因为游客太少,晚餐不是自助餐。酒店提供两种套餐供选择,说是两种,其实只有主菜不一样,其余头盘、汤、沙拉等都一样。餐厅经理告诉我们,平常很容易就客满的,有不少中国游客过来。

龙龙出来玩,玩具必不可少。外出时,龙龙的玩具的重要性经常仅次于护照。有了玩具,他就可以自己玩。 吃晚饭的时候,龙龙带了他的小汽车下去,回到房间好一会儿才想起来小汽车落在餐桌上。"自己的东西自己收拾,自己弄丢了自己负责。"龙龙没有办法,含着泪水求我陪他一起去找。

再下去时，桌子已经收拾得干干净净，问服务员，也说没有看到。尨尨十分伤心，回到房间，号啕大哭了一场。

第二天一大早，我们再次来到博戈里亚湖，昨天日落的那个地方，可是那片粉色的湖不见了。Sissi 和我大眼瞪小眼，Ben 也一脸疑惑："昨天明明一大群火烈鸟啊，你们也亲眼看到的，对吧？"

"它们不会……又迁回纳……库鲁……湖了吧？"我结结巴巴地说出这个世界上最可怕的可能性。还好，我的这句话只像一枚哑炮，没有吓到任何人。

车开下公路。我们都松了一口气，火烈鸟都在，只不过不像昨晚聚在一起，而是散落在更广阔的湖面，加上逆光下波光粼粼，所以从远处看过去，火烈鸟都融化在了水光中。

Sissi 弯腰摸上一座由"小河"（半米多宽，几厘米深）隔绝的"小岛"，尽量不打扰正在早餐中的火烈鸟。岸边的火烈鸟如潮水般退去，但没有退多远，等到 Sissi 坐定后，它们又如潮水般涌回来。

一些火烈鸟准备去晨练，结队奔跑、起飞，犹如一支支利箭射向天际。Sissi 的"打鸟火铳"紧紧锁定目标，机关枪一样的快门声响彻博戈里亚，转眼间天空中朵朵"血花"，水面一片"血海"，一个小时不到，Sissi 打完了一个基数的"弹药"——16GB 存储卡。这是"打鸟"吗？这根本就是"屠杀"！"屠杀"相机快门和 CF 卡！

我和尨尨待在"大陆"，尨尨对火烈鸟只有三分钟的热度；如果能给他摸一摸，热度可以持续一个小时；如果能如他一贯的爱好煮了吃，也许可以保持一天——在肚子里。需要找点什么给他做：湖水看起来正在涨潮，"小河"变宽了几公分，Sissi 会不会被困在"岛"上回不来？正好，可以喊龙龙过来帮忙搭桥。

整个湖边只有我们一家人，与晨光一起呼吸这美妙的风景。山水之间，火烈鸟是唯一的主角，尽情飞翔，尽情舒展它们的双翅，还有脖子。火烈鸟的鸣叫犹如潮水一般流淌过来，让人分不清哪个是水，哪个是鸟。

Sissi 打鸟打累了，这么美好的时光和景物如果只从取景器里观赏，就如同带先生上街只用其钱包却不让他拎包一样，没有榨干所有的剩余价值，浪费之至。我给 Sissi 送去画本和水彩笔，还有龙龙，他们母子就坐在那里一起画火烈鸟，听听火烈鸟的鸣叫。

龙龙对着火烈鸟发了一阵呆，发出感慨："我好想变成一只鸟，它们好自由啊！"亲爱的龙龙，如果你变成小鸟，我们就化成白云，伴随你飞翔的旅途。

温暖的阳光，绚丽的火烈鸟，无人打扰的世界，这些都让我们恋恋不舍，尤其是Sissi。博戈里亚的火烈鸟自此成为 Sissi 本次旅途中的最爱。

回到酒店吃早餐，服务员告诉我们，汽车玩具找到了。博戈里亚的蓝天更蓝了！而且昨晚的"上课"也没有白费，吃完早餐，不用提醒，龙龙就把小汽车握得紧紧的，再也不会丢了。

★火烈鸟的信笺

★ "天空没有翅膀的痕迹，而我已经飞过"

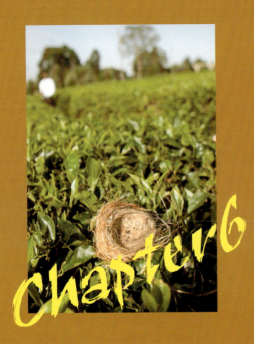

茶园春色

凯里乔（Kericho）

　　Tea House 也是一副老派英式风格，尤其那间超大的空荡荡的休息厅，我们三个人就占据了半个厅——主要是龙龙坚持一个人睡一张沙发。要上一壶本地红茶，茶浓味醇，价钱则便宜得出乎意料。

飞越赤道

　　前往凯里乔(Kericho)的路途中我们再次经过赤道。这次尨尨没有睡着，否则本节的标题就要改为睡过赤道了。

　　对于赤道，尨尨原本很是好奇。不过，这里的景象平淡无奇，除了两块大牌子告诉大家这里是赤道外，没有什么特别之处。不管怎样，总要想个方式庆祝一下我们穿越赤道。

　　Sissi 的提议是"飞"，尨尨有些低落的兴趣被拍了起来，于是和 Sissi 一起玩了把"飞跃"赤道。

　　旁边有一位背着 baby 的女子向我们兜售"漩涡演示"，这也是看看赤道与其他地方不同的一个好试验，在其他地方还做不了。我们砍价砍到 150 先令，女子犹豫了一下成交。赤道的牌子下面放着一个小桶和小碗，那就是演示用的道具。女子把我们带到赤道牌子以北四五米处，将水倒入小碗内，水顺着碗底的小孔下泄，碗内水流形成一个微弱的漩涡，但看不太清。女子将一根小木棍丢进去，小木棍跟随漩涡转动，顺时针。女子开始滔滔不绝地解释原理，什么意大利科学家啦，地球自转啦，仪器测量啦，那架势就跟老师一样，反正我没有听懂。然后，她又带着我们穿过赤道，来到南边，水逆时针旋转。如果站在赤道上会发生什么情况？ Sissi 和我同时表达了这份好奇，难道水会停止旋转？ 女子察觉了我们的好奇，领着我们走到赤道牌下面，重复前面的实验，果然，漩涡消失了，水直直地往下流。

　　出于谨慎原因，我给尨尨买了罐可乐换了些零钞，然后给了女子 150 先令。她接过钞票的手却没有收回去，希望我们再给一些。Sissi 和我温柔但是坚决地告诉她，那是我们双方谈好的价格，不能变。女子想了一下，不再继续索要更多的钱，但是转而问我们有没有给小朋友的药，如涂抹在皮肤上的。我们确实带了一些风油精来，可惜放在了大箱子里取不出来，只有水彩笔在座位上。于是，我拿了几盒水彩笔给女子，她的表情没有一丝喜悦。再次和我们确认没有药可以送给她后，她略微有些失望，但还是礼貌地谢谢我们。

龙龙没有理会那么多，捧着对他来说十分金贵的可乐，回味着赤道的神奇，和我们一起重新踏上前往凯里乔的漫漫长路。

茶园春色

凯里乔这么冷门的景点进入我们的旅程完全是因为它的茶园风光。肯尼亚是全球最大的红茶出口国，茶叶也是肯尼亚重要的出口支柱产业之一。我们期待在肯尼亚不仅可以看到野生动物，还可看到肯尼亚的其他特征。

从地图上看，凯里乔就在大裂谷和马赛马拉之间，所以我们觉得不会浪费太多时间在路上。当初询价时，多数旅行社对我们的行程计划也无异议，有人说车程只有两个小时，只有一家说距离太远，建议我们放弃。最后，我们的经历证明：一是真理掌握在少数人手中；二是两

点之间直线最短只是数学用语，基本不适用于地球表面的移动。Ben口中的这条"高速公路"就像被日夜轰炸的胡志明小道，坑连坑，洼套洼。就这么一路左颠右晃了五个多小时，我们终于在下午三点半抵达凯里乔，入住 Tea House Hotel，这也似乎是当地最好的酒店，而且有后门直通茶园。

　　Tea House 也是一副老派英式风格，尤其那间超大的空荡荡的休息厅，我们三个人就占据了半个厅——主要是尨尨坚持一个人睡一张沙发。要上一壶本地红茶，茶浓味醇，价钱则便宜得出乎意料。

　　花园雨后的大草坪青翠欲滴，一副有些生锈的儿童游乐设施立在草坪中央。尨尨把滑梯当做赛车道，玩得不亦乐乎，也十分配合地拍照，与 Sissi 合影。唉，坐了那么久的车也把尨尨闷坏了。

　　草坪边上一群黑长尾猴（Vervet Monkey）在屋顶、树梢和草坪蹿上蹿下，表演它们惊人的弹跳。一条长廊连接着后院，也是猴子们往来的通道，当然它们走长廊顶部，人类才可以走长廊。缺乏修缮的横梁，正好成为它们上下的出入口。

　　吃完晚餐，我们听见餐厅隔壁传来奇怪的钢琴声。说"奇怪"是因为这曲了弹得全无节奏韵律可言，难道这里还有"先锋""实验"音乐？尨尨跑过去查看究竟，原来是一位印度妈妈带着一个小宝宝在玩角落里的三角钢琴。那架钢琴应该属于爷爷辈的，老得牙齿都掉了，漆脱落个精光，有些琴键也弹不动，已经被当成一个放杂物的台子。在我们的鼓励下，尨尨坐上去弹了几段练习曲。尨尨学了几个月的钢琴，已经出现厌倦情绪，希望这次"奇遇"可以给他补充一些兴趣。

第二天一早，我们吃完早餐，由酒店的一个黑人帅小伙服务员带着参观茶园。从一个侧门出去，就是大片大片的茶园。可能时间尚早，工人还没有上班，所以整片茶园里只有我们三个人。

服务员导游先介绍茶的生长和茶叶的采摘过程。这片茶园隶属于一家公司，有230名工人。工人宿舍远看像是由红砖砌就，看着挺漂亮，宿舍内配有电视，比起路上看到的铁皮屋强很多。

我们身边的茶树已经46岁了，喔哦，比我们年纪都大。为了方便采摘，茶树的高度都控制在腰和胸之间。茶叶是分片区轮流采摘，因为一棵茶树采过后，需要两周的时间才能长出新叶，所以整片茶园两周采一轮。每个工人一天要采摘六千克的茶叶，四千克生茶叶最后只能制成一千克成品茶叶。

导游随后示范如何采摘茶叶：食指和中指夹住叶根，拇指按住叶子，用力一拽，叶子就下来了。龙龙很兴奋，跟着导游挤进茶树丛，"我要多采些茶叶带给阿公。"他全然不顾此"茶叶"非彼"茶叶"的劝告，不过也不枉阿公带他带得这么辛苦。当我们举起相机对着龙龙，处在镜头边缘的导游

"嗖"地缩到了茶树以下。这位帅哥导游十分搞笑,有时当他出现在拍摄的"背景"中时,他会将一小束茶叶举到头顶,扮黑脸白衣茶树。

我们沿着茶园中的小路惬意地漫步,沐浴着晨光,浸润在清新的茶园中。龙龙则一路小跑,从上跑到下,又从下跑到上。"好自由啊!"

在茶园的底部,导游指着一棵大树。"那里有黑白疣猴(Black-and-White Colobus)。"树枝上坐着几只猴子,和之前见到的黑长尾猴不一样,一身不打结的长毛披在背上,毛茸茸的尾巴垂在半空,那身毛,蓬松水滑,梳子挂上去,肯定就和坐滑梯一样,唉,猴子旁边怎么没有出现某洗发水的瓶子啊?我们原本只计划看到茶园,没想到还能看到这么可爱的动物,算是意外惊喜。

因为和 Ben 有言在先,九点出发,否则会赶不上在马赛马拉的 Afternoon Game Drive,我们只得匆匆结束茶园之旅,最终还是晚了 15 分钟。不过,Ben 已经习惯了我们的"迟到"。

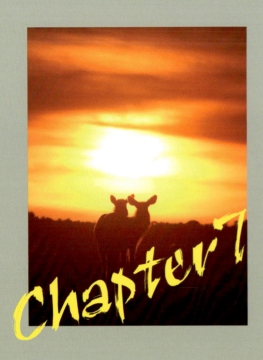

Chapter7

生生不息

马赛马拉（Masai Mara）

　　在马赛马拉的第二日早上，我们出来没多久，Ben 就从无线电中收到消息，于是他带着我们爬上一个高地。远处的草丛中，所有面包车视线的交汇处，两只母狮子正在用早餐，被吃的好像是一只角马。可怜的角马，它被狮子扑倒在地的时候斑马一定在不远处偷笑。母狮子的周围聚集了不少动物，不愧是兽王，用餐时也有大批侍从跟随左右。天空中，几只肉垂秃鹫（Lappet-faced Vulture）和其他秃鹫正在盘旋，还有几只秃鹫已经降落在离狮子不远的地方。秃鹫属于不劳而获的动物，专干"黑吃黑"的勾当，尤以体型巨大而丑陋的肉垂秃鹫为最。

草原之路

　　传说中，去往马赛马拉的路途颠簸、难走，让人度日如年。我们已经经历了安博塞利的"坑车"路、博戈里亚的"搓衣板"路、凯里乔的"胡志明小道"，难道说那些路和马赛马拉相比都是小儿科？忐忑。

　　开头一截柏油路，无惊无险。随后 Ben 把车开上一条土路，更确切地说是"石子路"，路旁写着距离马赛马拉某酒店 106 千米。至此，我们才开始体验前往马赛马拉的颠簸之旅。

　　我对肯尼亚的公路有些不解。一般来讲，良好的交通设施有关商品交换的畅通，是经济的命脉，内罗毕到蒙巴萨的公路保养得就不错，毕竟蒙巴萨是非洲东海

岸最大的港口,肯尼亚货物进出口的主渠道,这条公路可以有效地产生经济效益,因此政府对这条公路投入较大,保养较好。但旅游业也是肯尼亚经济的重点,为什么去各景区的公路就不好好整修保养呢?

马赛马拉草原是塞伦盖蒂草原的一部分,在肯尼亚境内的部分被称为马赛马拉。塞伦盖蒂在马赛语中意为"无边无际的平原"。当看到宽广的马赛马拉草原时,我无法想象坦桑尼亚境内的塞伦盖蒂草原的"无边无际"会是怎样。

我们入住的 Mara Serena Safari Lodge 坐落在马拉河边的一座山上,是我们此行住的最豪华的酒店。各类设施包括内部装饰不仅精美,而且崭新。酒店每一间小屋都面朝悬崖,窗外的山脚下就有野生动物吃草、休憩。一些游客白天也不下山,就躺在平台的椅子上,晒太阳,看书,睡觉,看动物,看草原⋯⋯当然,我们没敢这么"奢侈",马拉大草原的动物和落日才是我们此行的目标。

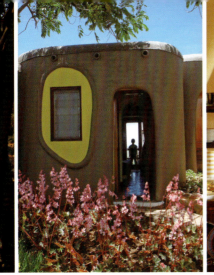

从酒店出来经过山脚的时候，Ben 突然指着酒店下方的山腰说："那里有小狮子。"我们举起望远镜，果然有两只小狮子在岩石上玩耍，多想和它们亲近一下啊。狮子没有固定的巢穴，母狮子带着小狮子四处游荡，寻找安全之处，躲避捕杀动物幼崽的敌人。第二天，我们刚从酒店出来，在这小山包附近再次遇到了狮子，不知道是不是同一只。

角马和斑马

马拉大草原上最常见的动物还是角马。角马又称牛羚，它的身材虽然和马近似，但和羚羊的血缘关系却近于和马的关系。角马头大肩宽像水牛，后部纤细酷似马，头上两角属羚羊……Oh my god，你到底造的什么动物啊？ God 说了，当年我

造万物的时候,问角马,你想长什么样子。那厮说,"嗯……水牛看着很壮实,能唬人,那个……马跑得快,方便逃跑,还有,羚羊很灵活,很迷人,就按照它们的样子造我吧"。于是我把造水牛、马和羚羊没用完的材料扔给了它,它就给自己组装成这副模样。这,不能怪我吧。

"角马的那副角很厉害吧。"我有些疑惑为什么角马会选一副纤细的角,而不是像水牛那样粗壮而锋利的角,也许它们像疣猪的獠牙一样不起眼但是很厉害?

Ben 插进了我们的谈话:"角马的角只是唬人而已,根本没法和狮子搏斗。"他顿了一下,说:"不过,它们互相打斗的时候可以用一用。"

"那角马奔跑应该不错吧?"看着角马纤细如羚羊的腿和笨拙的奔跑姿势,我们犹犹豫豫地继续发问。

"角马的屁股像马,如果你觉得用屁股就可以跑的话,它的奔跑能力还是不错的。"

"那它应该比较聪明吧?"我们还有些不甘心。

"你们知道斑马为什么喜欢和角马待在一起吗?"Ben 先是反问我们,继续又道:"因为斑马知道角马很笨,一旦有狮子攻击,笨笨的角马最容易被捉到,从而'掩护'斑马逃生。"

角马的难兄难弟——斑马,也是马赛马拉草原上最常见的动物之一。斑马将浑圆的臀部塞进"黑白条纹紧身裤"里,打造出草原第一"性感"的屁股。

★ 不过角马这面貌长得像"牛头马面"，也算有点中国特色吧

斑马对人类几乎没有什么用处，它无法像野马一样被人类驯服，肉又难吃，光鲜的皮毛一点也不结实。不过，它和角马都是马赛马拉大草原食物链的基础，是狮子等动物的"活动肉联厂"。

我们的 Game Drive 基本围绕着酒店周围的草原，距离酒店的车程可能一至两个小时。Ben 开车爬上一个山坡，指着一个石碑说，这是肯尼亚和坦桑尼亚的界碑。我们惊讶地瞪大了眼睛，我们现在已经踏足坦桑尼亚了？会不会有移民局的官员骑着斑马或角马来抓我们？

★ 角马的颜色，黑灰过渡，远看很有中国水墨画的感觉

★马拉草原时尚秀

小豺的故事

　　山脚下，车辆上下山的一条道路旁边，先是一只小豺闯进眼帘，然后是一群小豺仔仔，应该是一家人。它们见了我们也不躲，说是在玩耍又不互相嬉闹，说是在休息又东张西望，好像在寻找什么。看起来它们像在打埋伏，几只豺都蹲在一个坑内，偶尔抬头看看靠近路边的一个地洞。我们就把车停在路边，看着这群可爱的小豺。

　　通常人们把豺和狼并列为凶猛残忍的动物，据说豺群扑食的时候，耐力好、集体围攻、胆大、凶狠、残暴、贪食，连狮、虎、狼都惧怕它们。可是眼前的这群小豺萌得就像宠物狗一样，"萌"和"残忍"好像怎么也扯不上关系吧。

　　忽然，一条黑影一闪，"那是什么东西？"我下意识地发出疑问。

　　龙龙闻声立刻把头凑过来，"爸爸，你看见了什么？"

　　"刚才有一只像老鼠一样的动物从路边的这个地洞钻出来，跑进了后面的那个地洞。"我隐隐觉得那就是我们一直在寻找的《狮子王》中的丁满，也就是猫鼬（Mongoose）。

"丁瞒？"刚才还有些委顿的尨尨亢奋指数狂飙。"在哪里？"幸亏出来之前给尨尨看了《狮子王》，否则再美的草原如果没有故事性，又没有互动，就很难让小朋友一直保持浓厚的兴趣。

我指着小豺们围过去的那个洞口："就在那里。"

黑黝黝的洞口，什么都没有保留，我以为丁瞒就此躲在里面不出来了，小豺们也退了回去。我也有些奇怪，虽说丁瞒速度比较快，从洞里钻出来有些突然，可按说小豺应该更敏捷，那为什么反应如此迟钝？

片刻之后，又一群丁瞒，从路边的地洞里钻出来，像一股黑水，流入刚才那个地洞。那群打埋伏的小豺后知后觉地从坑里爬上来，好奇地看着最后一只丁瞒钻进洞里。一只豺跟在那群丁瞒身后，也从路边地洞钻了出来。原来小豺们埋伏的坑道直通这个地洞，一只豺从坑道钻进去，把丁瞒赶了出来，余下的小豺则埋伏在半路，准备截杀那群丁瞒，从而获得一份大餐。这个捕猎战术和狮群很相似。

丁瞒们在洞里沉寂了一会儿，又一个接一个冒出洞口，几只胆大的已经走到地面上，和小豺对峙。小豺们似乎没有进攻的意愿。小豺啊，难道你们在和丁瞒玩过家家吗？

隔天，当我们再次经过这条路时，小豺们

还在这里，守候着丁满。Sissi 灵机一动，用尨尨的一首钢琴练习曲和尨尨一起给它们编了一首歌：

　　小豸呀，你在做什么？

　　你是不是还在等丁满？

　　太阳呀，快要落山了，

　　你为什么还不回家去？

　　说到丁满，就不得不提《狮子王》里和它形影不离的彭彭，也就是疣猪（Warthog）。疣猪初看与我们俗称的"野猪"很像，都有一对獠牙，不过疣猪脸上有一对（母疣猪）或两对（公疣猪）疣（Wart），故而得名。疣猪背上的鬃毛像披风一样，好像一个扮将军的小朋友。它穿过草丛和角马群时小跑的样子就像做马术表演的马，很有节奏感。据说疣猪的记忆只能保存数分钟，可能这也是它看起来无忧无虑的原因吧。唯一有损形象的是，疣猪吃草的时候必须跪下，实在有辱"彭彭大将军"的英名。我们在安博塞利和纳库鲁就见到过彭彭，但马赛马拉更多。遗憾的是，没有看见彭彭和丁满两个走在一起——就像《狮子王》里演的那样。

　　疣猪和我们的猪八戒很有几分相似：疣猪是平原上的农夫，擅长挖土打洞，猪八戒在高老庄就是种地高手，庄园的农活一个人全部搞定；二者都是相貌丑陋，但都勇敢地捍卫自己的家人和住处；疣猪敢和任何一种威胁到它们的物种搏斗，嗯，这点八戒在有猴哥怂恿的情况也可以做到；不过，二者的武器都十分平民化，不漂亮，但尖锐、致命，平时挖土关键时候用来打架；疣猪从地洞里冲出来的时候总是带着遮天蔽日的沙尘，和猪八戒出场时的情形一模一样。

草原上从来没有浪费

在马赛马拉的第二日早上，我们出来没多久，Ben 就从无线电中收到消息，于是他带着我们爬上一个高地。远处的草丛中，所有面包车视线的交汇处，两只母狮子正在用早餐，被吃的好像是一只角马。可怜的角马，它被狮子扑倒在地的时候斑马一定在不远处偷笑。母狮子的周围聚集了不少动物，不愧是兽王，用餐时也有大批侍从跟随左右。天空中，几只肉垂秃鹫（Lappet-faced Vulture）和其他秃鹫正在盘旋，还有几只秃鹫已经降落在离狮子不远的地方。秃鹫属于不劳而获的动物，专干"黑吃黑"的勾当，尤以体型巨大而丑陋的肉垂秃鹫为最。

忽然，一只金色的动物闯入视线。"小豺！小豺也来了。"小豺来了，它们的"冤家"丁瞒会不会也出现呢？我们继续搜索，果然一群丁瞒也在草丛中张望。这些动物都是来等着分狮子一勺羹的。当老大的就必须有老大的风范，好处不能都自己独吞了，也要给捧场的、打杂的

留一些。狮子似乎明白这个道理，没多久，一只母狮子吊着圆滚滚的肚子向远处山脚走去。另一只母狮继续吃了一会儿，然后"打包"了一条腿也尾随而去。

草原上从来没有浪费。每样生物的产出都是另一样生物的输入，角马吃草，狮子扑杀角马，剩菜剩饭由秃鹫、豺等动物解决，动物的粪便又滋养着草地，绝不会有浪费。难怪草原上每天都上演着杀戮，我们却看不见断胳膊、断腿，甚至连骨头都没几根。草原在不产生 GDP、不妨害他人的情况下，通过这么一个闭合的生物链维持了一个清洁的环境。号称"万物之灵"的人类和所谓现代文明的工业社会，实在需要重新了解大自然的奥秘。

在草原上开车必须沿着指定的道路，不能离开道路到处开。除了主干道，很多"路"完全就是车辙印，也不知道是设计好这么轧出来的，还是某日某胆大妄为的司机首先开过，然后其他司机尾随于是造成既定事实。我们的 Ben 严格沿着道路开，绝不擅离道路。这样也好，因为只有保护好草原，才能保障野生动物的未来。但是，有的地方本来有条路，走的车多了，反就没有路了。希望草原不会像珊瑚一样，毁在人类的手中。

★秃鹫开会

下午，我们看见远处一群秃鹫像苍蝇一样接连从草丛飞向天空，就像龙卷风一样。我们觉得那里可能又有狮子，开过去，只看见一群秃鹫密密麻麻围站在一起，好像在开会。不过，理性告诉我们：这么一群秃鹫聚在一起，只可能是在超度一只不幸的动物而已。

徒步马拉河

我们三天的 Game Drive 基本就在马拉河两岸的地带，时不时穿过马拉河。在马拉河的大桥边，Ben 给我们找了一位持枪的守卫作为导游，带着我们游览马拉河。

★我猜测龙龙很想握着守卫的枪拍张照，那可是真枪啊

★守卫很喜欢龙龙，龙龙也愿意和他走在一起

★马拉河

　　我们去之前的几周，有人已经看见角马迁徙——一般所说的"万马奔腾"、场面壮观的动物大迁徙主要就是指角马的迁徙，而角马迁徙的最主要的场景就是穿过充斥着鳄鱼、河马的生死一线——马拉河。角马每年会迁徙两次，就像中国春运一样，不过不用担心火车票。角马每年先从西边的坦桑尼亚到东边的肯尼亚，几个月后再回去。我们心存侥幸——希望碰到角马带年货回家过年的场景。

　　名满天下的马拉河只有十多米宽，让我们小小地失望。不过，不是说马拉河边因为角马尸骸的缘故，臭气熏天吗？我们用力吸了吸鼻子，空气炎热但没有异味，可能要走到角马渡河的地方才能看到吧。

　　给我们做导游的黑人守卫示意我们一定要安静，因为鳄鱼不喜欢噪音。他带着我们走到河边，示意河岸下边的水湾里有一只鳄鱼。我们六只大眼睛瞪成超级大眼睛，最终也只有Sissi看见。鳄鱼潜在水里，只露出个脑袋，周围又有石头，很难分得清楚。龙龙想往前走看得更清楚一些，我们赶紧死死拉住他。

★鳄鱼干嘛总把自己弄得灰头土脸灰身体，多没马拉河二大王的气魄啊

又行走了一段，守卫示意我们往回看："有鳄鱼"。河水、石头、树枝，鳄鱼在哪里？ Sissi 又一次首先发现，谁让她是我们家第一大眼睛呢——原来一只鳄鱼正趴在一根树干上晒太阳。

我们走的这一线主要就是看鳄鱼，还有少量的河马，但河马多藏在水下，不易察觉，更不易拍照，偶尔露个如桌面一样的脊背。当河马隐身水中时，马拉河就是一条平淡无奇的河，谁会想到底下隐藏着重重杀机……

守卫指着某处说，那里就是角马过河的地方，一个十分不起眼的地点。不知道角马为什么会选择这里而不是不远处的大桥，也许是角马把渡河当成了生命中的某种仪式，或者就是想找个机会游个泳、渡个河？我们问守卫，角马已经迁徙完了吗？守卫告诉我们，角马今年吃饱了，不回去了。这……这，角马难道不知道多少人就想看一眼它们过河时笨拙的样子以及被鳄鱼捕杀的场景吗？那是多么让人兴奋……同时无耻的念头啊。

回到大桥，守卫告诉我们，可以带我们去河的对岸看河马，不过小费就要加倍。虽然不知道对岸看到的河马比我们刚才看到的有多不同，但大名鼎鼎的马拉河还是应该多走一走，同时小费也不算多，我们答应了。穿过一片树林，我们下到河边。河边还有一大群游

★河马比赛谁的嘴巴更大

客，由另外一位持枪守卫做导游。河里一个河马家族带着河马宝宝在休息。河马半个身躯都露出水面，确实比之前好看不少。

虽然没看到角马过河，不过、角马军团的一次集结，依然让我们窥见了一些角马迁徙时的景象。当我们看见它们时，几个角马群正从数个方向朝一座山头汇集，然后没有任何迹象，还未集结完毕的角马军团排着队向远方进发。

当又一次经过某条貌似马拉河支流的小溪时，我们只是漠然地看着外面相似的风景。Ben 忽然一个刹车，转过头来问我们："你们看见了什么吗？"我们看了看外面的草丛，茫然地摇了摇头。Ben 指着面包车右侧："狮子。"一只肚子圆鼓鼓的母狮子正躺在一米外的地上呼呼大睡。它是不是之前我们看见的用餐的狮子？

后来，Ben 在一棵金合欢树下又发现了一只正在睡觉的母狮子——它只顾酣睡，一点也不理会旁边的声响，只有恼人的苍蝇才会让它翻动一下。我们停留了一会儿，实在没有更多的角度可以拍，正准备离开，狮子一个侧翻，秀出白肚朝天式，四脚向上弯曲，就好像电视里的狗睡觉一样。拜托，你好歹也贵为"百兽之王"，睡觉怎么还可以学狗呢？

在纳库鲁我们错失了花豹，在马赛马拉 Ben 就尽力帮我们找猎豹（Cheetah，又名印度豹）弥补一下遗憾。虽然在动物学上，猎豹和猫的关系更近，而不是豹，不过，我们不在意那么

★Ben通过无线电把猎豹的消息
发布了出去，又来了几辆车

多。我们和尨尨约定，谁最先发现猎豹，谁就可以当"侦察大队长"。尨尨就踩着椅子扶手，在半空中走来走去，观察四周。

　　正午的时候，我们刚刚从一个高地开了下来，然后 Ben 像是闻到了什么气味一样，忽然调头开了回去。在一棵孤零零的树下，躺着两只正在午睡的猎豹。自己打猎的食肉动物干的都是重体力活，尤其是陆地上的"短跑冠军"猎豹，所以休息总是十分必要的。尽管这时只猎豹没有展现最上镜的姿势和角度，但是它们修长的身材和美丽的花纹依然让我们陶醉不已。

　　猎豹是一种十分警觉的动物，因为它们虽然捕食其他动物，但有时候也会成为狮子的盘中餐；加上猎豹不像花豹会上树，所以这两只猎豹时不时就会抬头查看一下。还好，在它们眼里人类现在是一群无害的动物，即使几辆面包车包围着它们，也丝毫没有降低它们的睡意。有一只猎豹可能过意不去我们这么热情的目光，起身拉了一下筋骨，略微满足了一下我们，然后，"咣当"又倒在了地上。

醉美夕阳

在马赛马拉的前两天，由于云层太厚，下午四点多的天空已经是一片灰白，毫无落日的影踪。第三天，对夕阳已经没有奢求。返回 lodge 的途中，惊觉晚霞在集结……随着太阳一点点下沉，霞光开始渲染云朵，最后，整个天空都醉了！

暮归的动物，金合欢的剪影……该如何来描绘呢？一切形容词在这夕阳前都变得黯然失色甚至粉身碎骨。要屏住呼吸才能平静下来，告诉自己：一定要永远永远记得这么震撼人心的美！

TIPS： 马拉大草原是世界上十大最浪漫的日落地之一。

多情的马赛马拉

　　马赛马拉的动物种类十分丰富,丰富的动物形态正是东非草原最迷人之处。

　　草原上除了受欢迎的"五大"(大象 Elephant、狮子 Lion、猎豹 Leopard、犀牛 Rhinoceros 和非洲水牛 Buffalo)哺乳动物外,还有蜥蜴以及各种有趣的鸟类。

　　我最喜欢的是蛇鹫(Secretary Bird)。它拥有鹰的躯体,鹤的长腿,身高 1.3 米,日行 20 千米,以蛇为食。当我们第一眼看见它时,就被它深深吸引。那只蛇鹫在草丛中昂首阔步,凌乱的"长发"在风中飞舞,似游侠,又像诗人,边走边吟诵着:"夫天地者,万物之逆旅;光阴者,百代之过客。而浮生若梦,为欢几何。"太帅了!

　　我们慢慢开着车,跟在一只蛇鹫后面,力图抓住它每一滴帅气的气质。蛇鹫也不恼,一边游走一边"念叨":"夜阑卧听风吹雨,牛头马面入镜来。"然后听见 Sissi 喊了一声:"不好,角马

跑进（画面）来了。"再抬头看那游吟诗人，已遁入角马群中，远去了。

多数时候，各种动物都分布得比较开，尊重各自的隐私，互不干涉。

但是，我们也偶尔能够看到各类食草动物聚集在一小块地方，和谐共处，其乐融融，有如世外桃源。

我们经常会看见转角牛羚（Topi）站在一个土丘上朝着一个方向瞭望。别的食草动物都是从早吃到晚，转角牛羚为什么这么奇怪？"它们生性就喜欢瞭望，看有没有敌人出现。"Ben 如是解释。那为什么三四只转角牛羚站得这么接近，而且都朝向同一个方向？多不经济啊，就不怕敌人从其他方向出现？ Ben 耸耸肩，估计心里在想：你们当我是动物学博士啊。

如果眼中只有狮子、豹子，就会一叶障目，不见泰山。马赛马拉只是东非的一个缩影。东非是地球上野生动物种类最丰富的地方，最难得的是，有人类大规模居住，野生动物却

★草原上的动物多以家庭为单位活动

没有灭绝。这可能得益于东非是人类的起源地。在人类发展和强大的过程中，动物学会了与人类如何共生共存。欧洲、亚洲、美洲、澳洲的动物就没有这么好的运气，人类一到达，当地就发生了生物灭绝事件。

当人类给自己披上"文明"的外衣重返非洲时，人类的能量已经可以轻易摧毁这片草原的整个生态系统，好在理性和良知阻止了悲剧的发生。即使以旅游为导向的Safari，草原上的Lodge也要尽量融入当地的环境，减少对动物的干扰和对环境的破坏。这种努力大致还算成功，动物们对Lodge都没有什么戒惧之心，自由地生活在草原上，甚至在Lodge边。

我们住的Mara Serena Lodge的安全看起来十分严密，高墙铁门，只有犀牛将军带领水牛军团才可能强攻进来。不过，"敌人"往往从看似最危险防守却最薄弱的地方出现。我

★草原上的动物都有相同风格的表情：无拘无束

们回到酒店，就曾赫然见到一只羚羊在我们的阳台外面吃草。即使我们已经进入房间，它也只是略微不满地看了我们一眼，嫌我们大惊小怪打扰了它的用餐。

　　Mara Serena Lodge 和其他 Lodge 一样，晚餐八点开始。餐前有人围坐在篝火旁取暖，不过这里没有纳库鲁那样的舞蹈表演。白天我们曾经见到一群马赛人排练马赛舞，不知道什么时候会出来表演。餐厅门口有一位弹吉他的歌者，唱着肯尼亚、其他非洲国家甚至美国的歌曲，其中最动听的要算斯瓦西里语的《Jambo》，旋律优美，曲调动人。

Jambo（你好）

Jambo Bwana（你好，先生）

Habari gani（你好吗）

Mzuri sana（我很好）

Wageni, mwakaribishwa（外国人，欢迎你）

Kenya yetu hakuna matata（在肯尼亚没有什么大不了的）

Kenya nchi nzuri（肯尼亚是一个好地方）

Nchi ya maajabu（这是一块美丽的土地）

Nchi ya kupendeza（这是一个快乐的地方）

Kenya yetu hakuna matata（在肯尼亚没有什么大不了）

Kenya wote（在肯尼亚的各位）

Jambo wote（你好各位）

吃完晚饭,正准备回我们的小屋,忽然餐厅门口一阵骚动,一个大象家庭爬上山坡,来到了酒店的围墙下面吃晚餐,可能它们觉得这里的草有人气,比较好吃吧。游客高兴地对那个歌者说:"你唱得太好了,把大象都吸引过来了。"

另一天的晚餐后,我们正打算回去,那群马赛人载歌载舞排着队从客房那边走了上来。他们沿途招呼游客尤其是小朋友加入到他们队伍中来。尨尨看着心痒痒,想加入又不敢,于是拉着我走到了队伍的末尾。马赛人唱着歌在餐厅里面转了一圈,最后来到餐厅前的院子里,拍成一列,唱歌和比赛跳高。他们歌唱以及跳跃的方式和安博塞利马赛村里的一样。不过,安博塞利所有马赛人都很修长,而这个队伍里有几个小伙子很壮实,没有马赛人那种轻灵的感觉。队伍中跳得最高的,是瘦瘦小小的领唱,他的小腿肌肉看起来没有另一个大汉粗,但是跳起的高度高一截,我猜测他的肌腱应该很发达。尨尨和我也排在

★千万别以为去非洲旅行就意味着缺水少粮的艰苦旅程，实际上，肯尼亚的旅游服务业非常成熟，不少 lodge提供的自助餐可以用豪华来形容

伍中，分别出去跳了两次。看得出来，尨尨十分享受跳的感觉。当我回到队伍中时，一位马赛人冲我竖起大拇指，也不知道是夸奖我跳得高还是奖励我的勇气。

当这群马赛人离开时，尨尨依然十分兴奋，马赛人的部分基因已经植入了他的心。洗澡的时候，尨尨兴奋地一边冲水，一边扭起屁股，就像跳肚皮舞一样，很显然是模仿在纳库鲁时看到的非洲女子舞蹈。

离开马赛马拉的路线和来时不一样，我们朝另一个方向穿越马赛马拉大草原。沿途最后再看一眼大草原……在这里，一切没有计划，一切不受控制，一切不可预测，一切都是进行时，你不知道下一刻会遇见什么样的精彩。马赛马拉用它的每一分空气告诉你，万物生而自由、生生不息。

驶出马赛马拉公园后，又要经历一次"坑车路"。看起来崭新的柏油路却到处是坑，不知道是不是路基没打牢的缘故。有一截路 Ben 索性开离公路，在黄土地上直接开，又快又稳。计划中马赛马拉是我们此次旅行的高潮，后面的行程应该再无惊喜了。但是，事情会不会像我们想象的那样？这个世界每天都是新的，又有谁能预测明天呢？

★壮美的草原日出

Chapter8

河马来袭

奈瓦沙（Naivasha）

　　风中，左眼角瞥见船尾处有一个褐色的东西从水下迅速冒出来……两个小眼睛，耳朵——是河马！河马的头部冲出水面，水波带着船猛烈晃动起来。河马张开大嘴，冲着发动机就咬。我脑子里闪出四个大字"血盆大口"，原来这四个字这么恐怖！那一瞬间，我又惊又喜。惊的是，不知道要和河马缠斗多久，会不会有危险；喜的是，这么难得的机会被我们碰上。

Boat Ride

　　下午四点的时候赶到奈瓦沙。这里是肯尼亚的鲜花基地。我原打算买上几大束送给Sissi，但可能我们没去镇上，所以只看见种植鲜花的温室，没有看见售卖鲜花的商店。 我们听了Ben的建议，驾车直奔Boat Ride而去。

　　之前我和龙龙说去划船，因为我想象中我们要去的是一条河，在里面荡舟。看到船尾的发动机，龙龙质问我："不是划船吗？"我只好道歉，弄错了。船上还放着一根手腕粗的棍子，龙龙马上帮我辩解："叔叔也可以用它划船吧？"Sissi和我也不知道棍子有何用处，难道用来撑船？

TIPS: 实在不知道Boat Ride的电文情况，但肯定是不太的。这里是个处处，处处都受当地人欢迎的景点。我们要坐的船比我们在国内公园里划的船略大一些，可以坐六七个人。

夕阳下的奈瓦沙湖很漂亮，湖边草木繁茂，湖面荷叶飘荡，还有大量各色水鸟。整个湖区除了鸟鸣风声，再无其他杂音。这十多天看草原，吸风沙，坐蹦蹦车，突然被丢在奈瓦沙湖上，就像吃完火锅再吃一碗冰粉，清爽安逸。

船夫缓缓地开着船，为我们介绍各种水鸟，并不时停下来让我们拍照。塘鹅我们在纳库鲁已经拍了很多，没有兴趣再拍更多，但是其他一些水鸟好像我们之前没有见到。

看完水鸟，船夫开着船拐到另外一个小水湾。"河马！"他指着远处喊道。

"哪里？哪里？"Sissi和龙龙争着问。数十米外的水面上停着一艘和我们一样的游船。离他们数米的水面上有一些黑点，那就是河马。"那是一个河马家族，最大的那只是雄河马，其他都是雌河马和河马宝宝。"船夫对我们解释。一堆黑点中果然有一个硕大的黑块，那是雄河马肥厚的背部。我们缓缓靠近河马家族。一只雌河马忽然朝我们游了过来，十分缓慢而又平稳，看起来挺友好的。但是，船夫纷纷手忙脚乱地掉头加速朝湖面开去。那只河马也没有追击我们的意思，沿着它原有的线路继续"漫游"，好像我们都是空气一样。船夫不敢回去，继续向前开。

　　开了才几十米，马达熄火了。船夫连续地拉动马达绳，一次次地试图发动马达，眼睛里不时飘过一丝的不安。我有些不解，这里这么多水鸟，反正我们也要停留一会儿，何必急着启动马达呢？

　　十多米外，另一处水草茂盛之处，也有几个河马的脑袋飘在湖面上。不过，"目标面积"太小，不好拍照，水草上挺立的和飞过的水鸟则吸引了我们的视线。我横跨在座位上，偶尔举起相机胡乱拍一下，更多时候则是享受夕阳下的宁静和惬意。

　　凉风中，左眼角瞥见船尾处有一个褐色的东西从水下迅速冒出来……两个小眼睛，耳朵——是河马！河马的头部冲出水面，水波带着船猛烈晃动起来。河马张开大嘴，冲着发动机咬啮。我脑了们的惊和喜，"目标来了！"，但是我的心又惊又喜，一瞬间，我又惊又喜。惊的是，不知道要和河马缠斗多久，会不会有危险；喜的是，这么难得的机会被我们碰上。

　　船夫迅速启动马达，载着我们逃之夭夭。龙龙兴高采烈，要求再回去"玩"一次。Sissi 惊魂未定，严令龙龙的双手都收回船内，严厉的语气中带着一丝哭腔。船夫安慰我们："Don't worry。"然后，他为此次遭袭辩解，"这个湖面下藏着很多河马，从湖面上看不见。"我哭笑不得。这是安慰我们，还是继续吓唬我们啊？船夫又指着船尾的大棍子说："如果河马攻击我们，我就用这根棍子打它。"嗯，看过那张血盆大口后，我更希望那是一把扫帚，哈利·波特代言的那把。

Walk Game

　　小船靠上新月岛野生动物禁猎区(Crescent Island Wildlife Sanctuary)，我们由岸上另外一位导游 Peter 带着继续漫步。这片土地上生活着长颈鹿、水羚、斑马等动物，种类没有马赛马拉多，但是能够在土地上和动物们一起自由行走，更加近距离地接触它们，依然令我们兴奋不已，尤其是龙龙，跑来跑去。

　　一只公水羚卧在地上，三位广东人在与它合影。其中一位小伙子帮我们拍照。当我们列队倒退着接近水羚时，它警惕的双眼误读了龙龙跳动的后背，从地上一跃而起，绝尘而去。"不用担心，前面还有很多水羚。"一位阿姨安慰我们。

　　Peter 看到我手里喝完水的空瓶子，主动要了过去，然后塞到灌木丛中。我们有些诧异，但很快明白 Peter 其实是好心帮我减轻负担，只是没有意识到他的做法对环境的伤害。外人也许会觉得这是道德问题。在没有真正了解当地人之前，我们觉得这只是习惯和意识问题，不应该就此觉得自己比 Peter 更高一等。

继续往公园里面走，这里就是一个小马赛马拉——草原、丛林、悠闲但依然警惕的动物，最大的区别就是这里的"肉食动物"数量多，而且都只用两条腿走路，部分有"第三只眼"。"第三只眼"的直径很大，可移动，眨眼时咔嚓作响。

　　丛林边缘，三只长颈鹿正在大嚼树叶。一只白色的肉食动物四脚着地，借助一棵矮树的掩护，十分缓慢地从侧面接近它们。在距离长颈鹿约十米的地方，它慢慢抬起上身，露出本来面目。随后，远处另外一只坐在地上的肉食动物，迅速抬起"第三只眼"，上下打量着站在长颈鹿前面的同伴，仿佛它已经进化成了不同的品种。

　　Peter 对我们拍的照片十分感兴趣，一张张翻看，似乎在学习其中的技巧，同时很乐意与我们进行交流，还问我有没有看过电影《走出非洲》，说那是一部很棒的影片。我也问他是否知道《夜航西飞》。他不仅知道，而且知道作者柏瑞尔·马卡姆是一位有名的驯马师。柏瑞尔最后的居住地就在奈瓦沙。

　　我们乘坐来时的小船回到岸上，腼腆的船夫导游这时才放开来与我们交谈。他接待过不少中国游客，但是多数不怎么会说英文。"交流十分困难。"他很好奇我们的英文是如何习得的，当他知道深圳就在香港地区旁边时说："噢，我明白了。中国香港和肯尼亚一样，以前也是英国的殖民地，所以英语很好。深圳靠近香港地区，所以深圳人的英语也不错。"我们笑了笑，没有解释。"学习英语很重要，去世界各地旅游；如果英语不好，就无法与别人交流。"这个导游还是很有些想法。

　　Ben 拉着我们到 Naivasha Sopa Lodge 入住。酒店大堂陈列着两尊河马雕像，要不是

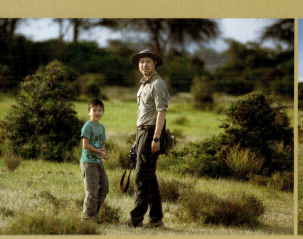
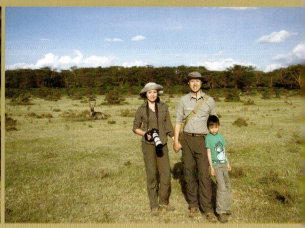

★ 另外一只小靓肉食动物和一只高帅肉食动物也有样学样，借助矮树的掩护，猫着腰，小心靠近那三只长颈鹿。远处一个美肉食动物举着又白又长的第三只眼，仔细观察着它们，想看看高帅动物和长颈鹿，哪个脖子更长

★斑马群安静地在草原上吃草，只在小肉食动物走到过分亲昵的距离妄图触摸它们的时候才不屑地跑开

★肯尼亚国鸟紫胸佛法僧（Coracias caudatus）

两个小时前我们曾经被河马袭击,我会觉得河马憨憨的样子十分可爱。

大堂经理为我们做了简单的欢迎致辞,最后提醒我们:"晚上请不要出房间走动,如果要吃晚饭,拨０接通前台,前台会安排保安去接你们。"经理继续解释,主要是担心客人被河马等野兽袭击。嘿嘿,别以为我们刚被河马袭击过,就用河马来吓我们。估计曾经有河马偶尔迷路经过这里,为了以防万一才这么做吧? 不管怎么说,也算为客人着想。

夕阳中,一位保安拖着我们的箱子领我们穿过酒店后面的花园去房间。酒店的花园大得和公园一样,绿茵的草坪上长着高大的树木,树冠几乎将草地全部遮盖完。我们看见几个住客从房间里走出来,没有保安陪伴,于是再次怀疑大堂经理刚才是危言耸听。

酒店客房是一栋栋两层的独立别墅,每栋别墅有四个房间,每层一个。当保安打开我们的房门,我们嘴巴张得比河马还大,哇,这么大。门廊就不说了,绝对抵得上我国香港的两间屋,房间小跃式结构(一级台阶的落差),上面一层摆了两张双人床,没错,是两张,之后,还是空荡荡的;下面一层放了张大沙发,沙发对面是落地玻璃门,满园春色尽入眼底。整个房间足够做套三房了。

夜色降临了,屋外只有黄色的昏暗的路灯光。我们一起坐在沙发上休息,突然,Sissi 指着外面说:"那是什么?"我们奔到玻璃门前。"啊! 是河马!"一只河马晃悠悠地穿过草地。"后面还有一只!""后面后面,还有还有!"草坪上闪光灯此起彼伏,其他房客也发现了这群不速之客,但是他们这么闪,不怕河马发飙吗?

"七点半了，该去吃饭了。"

"赶紧打电话找保安来接我们。"Sissi 回忆起下午那一幕。

我打电话给前台，几分钟后，有人敲门，一位手持铁棍和电筒的保安站在门外。我们跟着他，沿途又接了西班牙来的两位女士和一位男士。保安用电筒指向小路右边别墅一侧的草坪，为我们照亮正在吃草的河马，天哪，它们就在客房外面，几乎开窗就可以触摸到。一位女士，明显没有被河马袭击过的女士，摸出相机，对着河马就开始狂闪，我们的心也被闪得怦怦乱跳，但是保安似乎不以为意。于是，我也摸出了我们的单反交给Sissi，错过上次精彩的镜头，这次有保安不应该再错过了；而且，我们也有小算盘，一旦河马冲过来，我们逃跑的速度怎么也能超过那两位西班牙女士吧？保安一看"大家伙"出动，立刻来了精神，招呼 Sissi 和他一起翻过别墅间的矮墙靠近河马。Sissi 胆战心惊地拍了两张，匆匆而回。继续往餐厅走，保安用电筒为我们指引沿途别墅外的每一头河马。

天哪，不止三只，有大有中有小，敢情河马爸爸带着一家大小来这里野餐了。保安说河马喜欢这里的草，所以总来吃晚餐。谁这么有爱心，把河马的爱草种到 lodge 里来？我们紧紧地跟着保安，同时注意尨尨不要因为好奇而掉队。

Sopa 的自助餐延续了 Massai Mara Serena 的丰盛。住着大房子，很快就可以回家了，心情大好之下，再要割舍美味实在是太残忍了。如果说此次旅行最不满意的，就是吃得出乎想象的好，脸一圆再圆。

九点多吃完饭，餐厅门口有等待的保安负责送客人回去。Sissi 问："河马会不会跑到小路这边来？"带路的保安忽然站住，用手电直直地照着右侧，招呼我们过去，Oh！My God！一头硕大黝黑的河马就在离我们十米远的地方，看体型应该是河马爸爸。它怎么跑过来的？我们岂不是被河马左右包围了？

继续往回走，更多的河马出现在眼前。在这里如果被它们围攻，保安手里的铁棍能阻止河马几秒钟？我们能获得多少逃生的时间？看起来笨重的河马，在陆地上可是能跑到 40 公千米／小时，就是刘翔来，河马也能在 111 米外扑倒他。

第二天晚上保安携带的武器有所升级，从贴身格斗的铁棍改为远距离攻击型弓箭。虽然保安说河马冲上来的速度可以增强箭的力量，但我总觉得，河马冲上来的速度只会降低我们双腿支撑的力度。这位保安对外面的世界很是好奇，他告诉我昨天晚上，他看见一个人在大堂用电脑和远在巴西的妈妈打电话，还能看见对方真人视频。"高科技，真神奇。"

不知道为什么龙龙这些天吃得越来越少，可能是不适应这里的食物。我尝了一口汤，脑子里蹦出三个字——方便面。赶紧端给龙龙喝，龙龙果然喜欢，一连喝了三碗，喝得那个盛汤的厨师心花怒放，那锅汤估计有一半进了龙龙的肚子。

晚餐接近尾声时，餐厅忽然灯光全暗，然后一队人打着火把举着刀叉走了出来。他们不是劫匪，也不是原始人，而是餐厅的全体工作人员，包括经理、厨师、服务员。前头一人举着火把，后面的人敲打着锅盆刀叉，唱着非洲歌曲环绕餐厅有节奏地行进，而且他们唱的还是和声。这些餐厅工作人员的才能都可以组个乐队了，看来非洲人的基因里就包含了音乐。火把刀叉乐队绕餐厅一周后，来到一桌老年夫妇面前。这时有人端上一个大蛋糕，原来是一位老奶奶过生日。餐厅经理为老奶奶戴上生日帽，点上生日蜡烛，并送上祝福的话语，太温馨了。老爷爷及时献吻，一瞬间，周围掌声雷动。这个场景我们在纳库鲁餐厅也见到过，让人感觉这些酒店的服务充满了人情味。

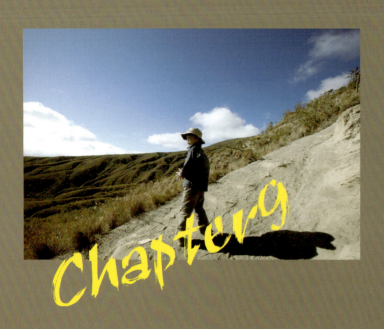

Chapter 9

爱爬山的"小马赛人"

　　尨尨不知何时拿过了 Hasson 的木棍，当成撑杆跳来跳去。"他喜欢跳跃。他和马赛人一起跳过舞，之后就喜欢上了跳跃。"我们有些歉意地告诉 Hasson。

　　"我就是马赛人。"Hasson 说。我们十分惊讶，难怪 Hasson 身材修长，上下山坡如履平地。他指着前面跳来跳去的尨尨说："他已经是马赛人了。"听到自己被称为"马赛人"，尨尨跳得更带劲了。

征服火山

★远处是Longonot火山

　　做计划之时，我就觉得整天坐在车里看动物（虽然野生动物舒服了），但我们就和动物园里圈养的动物一样，四肢退化，下腹突出，于是不顾Sissi的反对，毅然决然地增加了一些徒步活动，之前奈瓦沙湖上岛即是其一，另外还有两个是攀登Longonot火山和Hell's Gate（地狱门）徒步。

　　龙龙痛恨用腿走路，以前爬南山的时候，有一半的路程要靠我的腿来爬，所以这次带龙龙爬Longonot，我们事前给他做足了功课。

　　"龙龙，你知不知道火山是什么样子的？"

　　"不知道。"

　　"你想不想看看火山是什么样子的？"

　　"想啊。"

　　"我们明天去爬一座火山，站在火山顶，就能看见火山的模样了。"

　　"好啊，好啊。我们要去爬火山喽！"

★Longonot National Park大门，天空没有一丝云

和 Ben 约好，早上七点半来接我们，因为想避开中午的炎热和强烈的紫外线。酒店离 Longonot 国家公园不远，只有十多分钟的车程。奈瓦沙早上的风有些凉，让人完全感觉不到阳光的炙热。不过，对于紫外线还是不能掉以轻心。

Ben 就在大门外等我们。"我就在这里等你们，祝玩得开心！""好。如果我们没有下来，就一定是被烤熟了。"我们不确定带着尨尨，是否能在中午前回到这里。

我们穿过大门，沿着石子路走到山脚。远处山坡有两只羚羊目送我们上山。相对于我们在 Santorini 爬过的杂草不生的活火山，Longonot 算是相当优越了，有草，有灌木，虽然都遮不住太阳。

上山的第一截路挺好走，因为只是爬到山腰而已。让我们没有预料到的问题是，路上的灰挺大，前面的人踏脚稍微重一些，后面的人就要吃灰了。路面除了游客的脚印，还有大小不一的动物脚印。

据说这里有水牛。Ben 之前说，我们如果担心水牛可以请导游。不过，他觉得我们自己走也没问题。所以，我们姑且认为大的脚印是水牛的，小脚印是羚羊的吧。周围"潜伏"几只猛兽总能让行程增色不少。

尨尨很快就出现了肌肉酸痛的现象，但登上山顶看看火山长什么样的信念一直推动着他往前走。站上山腰回望山下。"我们一下子就爬这么高了。我们太厉害了。"尨尨的小退堂鼓立刻换成了冲锋号："我一定要征服火山！"

爬上山腰即进入第二截，攀登山峰。从远处看，这一截路挺陡的。"肯定要用手爬了。"尨尨有些担心。部分路段石块突出，需要手脚并用才能爬上去，路的一侧

又是陡坡，龙龙感觉到了一些恐惧："我可不想死在这里。"

"有爸爸妈妈在，你不会死在这里的。"

"我不想任何人死在这里。"

"你是希望爸爸妈妈都安全，是吧？"

"是。我们手拉着手爬吧。"

"为什么？"我有些奇怪，牵着手爬石头多别扭啊。

"我想你安全，所以我要拉住你。"我的心里暖暖的。

"好，我也希望你安全，所以我也要拉住你。"

"我们合作爬山。"于是，我和龙龙手牵着手爬上一块块石头，他先上去，然后拉我上去，或者我先上，再拉他。

由于岩石和灌木的阻挡，我们看不见落在后面的 Sissi。"妈妈是不是摔死了？我们都看不见她了。"龙龙十分担心地问。

这个小家伙还不知道如何组织语言："你是问妈妈有没有危险，对不对？"

"嗯。"

"妈妈没有事的。岩石和灌木挡住了妈妈而已。妈妈很棒的，这个山路对她不算难。"听了我的解释，龙龙放心了。

上山的路其实不难爬，但是山上的大风给我们造成不小的困扰，更准确地说，是地面的灰尘。无风的时候，前面的人踏起的灰尘会让后面的人受罪；有风的时候，风从下往上刮，前面的人又吃了亏。或者风从侧面刮来，自己带起灰尘，不管前面还是后面的人，都同遭殃。我

深深地怀念我的墨镜，又酷又挡灰。

　　山顶就是火山口窄窄的一圈小路，火山口内绿树成荫，没有看见动物，但是鸟叫声说明下面生机盎然。山顶的风很大，我们不再担心被烤熟，开始担心被冻僵或吹成肉干。有登山者换上抓绒衣，我们只能缩在"军统服"里，靠围脖阻挡热量的流失。"征服"了火山的龙龙意犹未尽，"我们再爬一次吧。"我们只有呵呵地傻笑。"下午我们还可以爬。"我指的是 Hell's Gate。

　　"要不我们去爬那里吧。"龙龙指着对面，火山口的一座小山峰。Sissi 坚决反对，这么窄的小路，龙龙又好动，万一摔下去可怎么得了。龙龙每靠近火山口一步，Sissi 的心跳都会加速五成。我估算了一下时间，也不打算前往。龙龙走了一小截，满足了一下愿望，也同意就此打住。

　　上山花了一个半小时，下山就快了很多。本来应该可以更快，但是龙龙"要走艰苦的路"，三条岔路，他一定要走看起来最不好走的。"男子汉就要多吃点苦。"然后他批评我："爸爸，你怎么不走艰苦的路呢?！"。

　　回到酒店小憩片刻，又要去吃午餐。龙龙现在对吃饭已没有

★火山口

★在山顶吹吹风

★在山顶远眺

★下山

OLOONONGOT CAMPSITE

171

★酒店的院子连着院子Naivasha湖，树木茂盛得像个小森林。每个Lodge都有大型落地窗,长颈鹿、水羚羊在窗外闲庭信步。植物种类繁多，我们为寻找最饱满的蒲公英,消磨了整个中午任何兴趣，再加上从我们的房间到餐厅路途"遥远"。Sissi 建议我们直接穿过草坪，不用沿着弯弯曲曲的小路，顺便看看有没有什么动物也在花园里闲逛。野生动物一只都没有过来，马倒是有几匹。龙龙突然指着一匹对我们说："那匹马穿着靴子呢"。原来那匹枣色马的小腿长着黑色的毛，可不是像靴子嘛。一位酒店工作人员走过来，拉着龙龙说："来，过来摸一摸马。"龙龙有些怯生生地摸了一下马肚子。工作人员又拉着龙龙的胳膊往前走了两步，说："你可以摸摸它的头。"龙龙十分小心地伸出手，轻轻地触摸马的鼻子。

踏入"地狱之门"

下午四点，按照约定，Ben 到酒店来接我们。地狱门公园（Hell's Gate）很少出现在网上的攻略里，听起来好像不大，所以我们只安排了两个小时，心里觉得可能一个小时就能转完。这里我们最主要的目的地是一处峡谷（开始我还以为只是一个大坑呢），因为龙龙还要爬山。

到了地狱门我们才知道峡谷在公园的最里面，距离大门有六七千米。Ben 说到峡谷里走一圈至少要三个小时，我们只好舍弃徒步，乘车直奔峡谷。在峡谷入口外，Ben 主动问我们需不需要请个导游，虽然 Ben 最后一句总是"It's up to you（由你们决定）"，不过，我能感觉这次他的倾向性。但这里能有什么危险呢？请个导游可能还要照顾他的情绪，交流起来可能也困难，算了吧。在办公室留下联系方式后，我们踏入"地狱之门"。

沿坡而下，一条沟横亘前方。我们正尝试跨越横沟的时候，一个黑人小伙子从后面喊住了我们。

"你们要去地狱门吗？"

"对。"我们有些困惑这个不知道从哪里冒出来的拿着根木棍的人。

"地狱门就在下面。"他指着我们面前的沟。

这里？ Sissi 和我探头看了看，窄窄的一条沟，潮湿的泥巴反射着阳光。Sissi 和我下去的兴趣立刻打消一大半。

"那里很危险，可能有洪水和危险的动物，不能随意下去。"我们略微有些惊讶。他接着说："我可以带你们去。"

啊，这才是正题嘛。"多少钱？"

★Hell's Gate是一个可以徒步和骑自行车的国家公园

"600 先令。"

"400 先令。"讨价还价是我们血液的一部分。小伙子不同意，说要花不少时间陪我们。

"那就 500 先令吧。"小伙子想了想，同意了。

小伙子叫 Hasson。他三两步下到沟底，把尨尨抱下去，然后指点我们踩哪里。沟的深处又有一处落差两米的"悬崖"，看起来没有可以踏脚的地方，好像除了跳下去，就是滚下去。Hasson 一把背起尨尨，噌噌噌噌就走了下去，然后又噌噌噌噌走了上来，我都没看明白他踩的哪里。Hasson 告诉我们，每一步踩哪里、如何走。Sissi 顺利爬了下去。从这里开始，我们觉得，请个导游确实有必要。

这里坑道开阔了不少，可以升级为峡谷，两侧石头层层叠叠，可能是堆积岩。Hasson 指着我们来时的路说："有时候那里会有洪水冒出来，从地底下。"谷底闪着水光的稀泥其

★下面就是地狱谷，去年在布拉格我还算正面评价了一下地狱门的掌门撒旦，不知道他会不会在下面等我，嘿嘿

实挺硬实。Hasson 建议我们踩"泥"前行，而不是走两边的"石路"。在哪里走左边、哪里走右边，每一步都会得到 Hasson 的指点。看起来，Hasson 熟悉这里的每一寸土地。Hasson 告诉我们，地狱门最漂亮的部分在前面比较远的地方，美国 Discovery 都去拍过。

龙龙不知何时拿过了 Hasson 的木棍，当成撑杆跳来跳去。"他喜欢跳跃。他和马赛人一起跳过舞，之后就喜欢上了跳跃。"我们有些歉意地告诉 Hasson。

"我就是马赛人。"Hasson 说。我们十分惊讶，难怪 Hasson 身材修长，上下山坡如履平地。他指着前面跳来跳去的龙龙说："他已经是马赛人了。"听到自己被称为"马赛人"，龙龙跳得更带劲了。

"我听说马赛人可以跳得和自己一样高，真是这样吗？"我对于马赛人到底可以跳多高还是有些疑虑。如果原地起跳，身体不弯曲就可以和自己身高一样，那可太惊人了。

★ 爱探险的"小马赛人"

Hasson 告诉我们，每个马赛人都能跳很高，他用手比划着，看起来可以原地起跳近一米。这份弹跳力是惊人的。

Hasson 不时停下来让我们拍照，也十分乐意帮我们拍合影，而且知道如何对焦和构图。当看了一次我调整快门后，他马上就学会了根据照片的回看调整曝光。到达合适的地方，Hasson 也会主动喊停我们，为我们拍照。Sissi 见状大喜，完全把相机交给了Hasson。

看着与 Ben 约定会合的时间差不多到了，Hasson 带着我们从一处看似无法上去的地方爬到地面。从这里回到出发点只需要五分钟。他的时间掐得正好。更让我们佩服的是，Hasson 看到路上的饮料瓶，马上捡了起来。"瓶子扔在这里不好。"回到出发地需要越过一条沟，我们三人老老实实爬过去，等到我们都过去了，后面传来呼的一声，我吓了一跳，

★ 旷野上的优雅之士

回头一看，Hasson 正咧着嘴笑，双脚并立在我身后的一块石头上。很明显，他是从对面立定跳远跳过来的。两米多的距离，这么随意一跳就过来了，不愧是马赛人啊。

最后的结果，我们主动支付了 600 先令导游费，同时把余下的风油精、水彩笔全部送给了他，也记下了 Hasson 的联系方式：07–19196375。

坐在 Bon 的车上往公园大门走，我们这时才好好欣赏地狱门公园的景色。公园位于一条山谷中，两边的山脉不高，但峭立，岩石外露，山谷就是一片草甸，斑马、羚羊、长颈鹿悠闲生活于此。长颈鹿受到汽车惊扰，慢悠悠跑进丛林深处。说它们"慢悠悠"，是因为那动作就像慢镜头一样，或者说像在月球上一样，慢慢地抬腿，慢慢地蹦起，慢慢地落下，如舞蹈般优美。我开始以为是幻觉，反复检查了我的眼睛，同时确认面前没有电影放映机，这才意识到它们确实是在正常、大步地奔跑——长颈鹿不愧为非洲草原上第一优雅之士。还有一只羚羊，玩 Tom 猫跳，不是寻常的奔跑跳跃，而是膝盖不屈，四足同时直直起跳，《猫和老鼠》里 Tom 猫经常这么玩。天知道生性优雅的羚羊如何学会这么搞笑的动作。

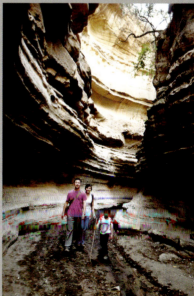

Chapter10

肯尼亚小贩都是
中国人民的好朋友

　　那个人拿出一个本子和一支笔，说："没关系。肯尼亚人民和
中国人民是好朋友。我们的习惯是，肯尼亚人民先说一个价格，
然后中国朋友说。"他在第一行写下"1. Kenya USD85"，然后又
把价钱叉掉。"中国朋友说85美元不好，我也认为不好。"他在第
二行写下"2. China"，把本子和笔塞给我，说："现在由中国朋友
说个价格。"

在肯尼亚,"朋友"一词的含义应该十分特别,内罗毕街头的广告牌上就写着"朋友不会让朋友酒后驾车",换成国内,估计就是"家人等你平安归来"之类的。在肯尼亚的旅途中,我们也深刻体会了肯尼亚人民,不,肯尼亚小贩对中国人民的"朋友"情谊。

第一天当我们在内罗毕 City Market 门口晃悠时,就有貌似小贩的人和我们打招呼、套近乎。一位店家知道我们从中国来后,问我们对内罗毕有何看法。这种 CCTV 记者风格的问题让我们有些挠头。我们才到内罗毕几个小时,能有什么看法。还是 Sissi 反应快:"内罗毕就是塞车太严重了。"店家笑了起来:"是啊,塞车严重的时候,从机场到这里要两个小时……现在中国的一家公司在帮我们修立交桥,修好之后,交通就会好多了……肯尼亚人民和中国人民是好朋友。"这是我们第一次听到中肯人民是好朋友的说法。听他这么说,我们都不知道如何谢绝去他店面的邀请了。

由于是在肯尼亚的第一天,我们没有计划采购纪念品。好在店家也放任我们随意浏览,鼓励我们在店里拍照,甚至拉着龙龙一起合影。自从带着龙龙出行后,龙龙取代了 Sissi 的位置,俨然成为了我们家最受欢迎的人。

Sissi 在一家店内看上一只马赛串珠手镯。店小二开价 500 先令,Sissi 还价 100 先令。小二的表情有些不以为然,似乎觉得 100 先令的还

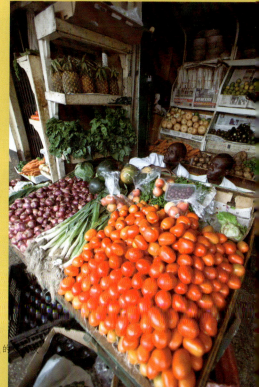

★据说内罗毕的鲜花非常便宜，可惜没来得及买

★我征求意见，可以拍照么？大家都指着这个小伙子，说他最上镜

价太离谱了，但还是给了个低点的价格。Sissi 咬住 100 先令不松口，小二的价格一路走低，但是在 200 先令的时候谈判陷入僵局。我想着 Ben 还在外面等我们，赶紧买了走人，就报了个 150 先令。小二犹豫了一下答应了。我取出 1000 先令，小二拿去隔壁房间找钱。几分钟后，小二拿着一沓钱回来，找给我 800 先令。

"嗯？还差 50 先令。"我有些奇怪。

"没错啊，手镯 200 先令。"小二振振有词。

刚才明明说的"150 先令"啊，怎么成了 200 先令？我和 Sissi 对望了一眼，没错，是 150 先令。

"这个手镯不可能卖 150 先令，刚才他确实说的是 200 先令。"店老板出面"作证"。

不过。看到我们很不爽的样子，老板主动提出给我们退货，然后小二拿过另外一只窄一圈的手镯。"这个可以 150 先令卖给你。肯尼亚和中国是朋友！"Sissi 虽然有些郁闷，但花了这么些时间，为了"中肯友谊"，咬牙成交。

在安博塞利的马赛村，马赛导游指着他们的小学说："很多好心的中国人帮助我们修建了这所小学，他们是我们的朋友。你愿意也捐些钱给我们的学校吗？"

从马赛马拉赶往奈瓦沙的路途中，一个卖 CD 的小贩凑到我们的车窗前，也不管我们愿不愿意先唱了一段"Jambo，Jambo"（《Jambo Kenya》），唱得还不错，估计"练习"了很多遍，然后问我们从哪里来，紧接着说："肯尼亚和中国人民是朋友。""我这儿有张 CD，全是动听的肯尼亚歌曲，卖给美国人和中国人的价格不一样。"他手里的那张 CD 印刷粗糙，明显是盗版，"中国人民是我们的兄弟，所以给你们一个很好的价格，900 先令。"900 先令？合 60 块人民币哪，在国内都可以买张 HiFi 碟了，还是正版的。这从"朋友"升级到"兄弟"的代价可真够高的，后来我们在肯尼亚街头 CD 店看到的价格，900 先令可以买五六张 CD、DVD。

★City Market有一个厅，主要销售纪念品

City Market 门口有家比较大的商店,品种挺全,细脖子细腿的长颈鹿尤其骨感。老板是白人,据猜测是埃及人或印度人,反正不像黑人"朋友"那么热情,只是冷冷地看着我们。商品价钱还算实在,Sissi 买的那款手镯直接标价 150 先令。

我们再次进入 Market。这一天比我们头次来热闹了不少,自然也就没有空闲的"朋友"追随左右了。这一天,这里也是"砍价"的地狱,因为每件商品都是高高开价,我们一刀下去,基本就没人理我们了。无可奈何,我们只得回到门口的第一家。

面对 Sissi 的砍价出招,冷脸老板一剑封喉,"我这都是实价,没有水分。而且你们看过我的价格,也去里面询了价,肯定知道我这是最低价。"Sissi 哑口无言,只好默默地挑选纪念品,然后老板"开恩",优惠了百分之二三。不过,老板最后的"损失"不止这些,先是龙龙失手打断架子上的一只犀牛角,然后老板在包装的时候压断了一只长颈鹿的筷子腿,于是我们看到了老板的第二副表情,"无可奈何"如一缕青烟从"冷漠"下面冒了出来。龙龙是最大的赢家,他先是看中都是千位数价钱的猛兽或其他大一些的木雕,但是在意识到这个价位不可能给他买太多数量的礼物后,立刻改变策略,直奔百位数价钱的木雕,于是拥有了大象、河马、犀牛、

★琳琅满目的工手摆件

肯尼亚小贩都是中国人民的好朋友

水牛。

随便吃了点从饭店打包的午餐，我们又直奔马赛市场（Masai Market）。马赛市场地点不固定，Ben询问过路人后才在一处偏僻的空地找到。我们下车前，Ben就告诫我们："注意安全！不要跟着任何人走！不要拍照！"集市的空地上有上百个地摊，很无序的样子。我们心里都有些打鼓，安全起见，让龙龙留在了车上。

Sissi和我一下车，就被六七个人围住，包裹着走进市场。我奋力挤到Sissi旁边，一旁马上有人招呼："他们是一起的，让他们在一起。"他们不停地推荐各个地摊和商品，告诉我们，如果我们看中什么，先拿着，最后算价。我们牢记在内罗毕遇见的一家北京人的意见："如果不是看中了，千万不要碰，否则就脱不了手了。"

一个人拿了只豹子木雕给我们看，个头不小，但是表情不生动。考虑到我们在City Market买的全是素食动物，也该搭配个吃肉的。我问了一下价格。"85美元"。天价啊，太贵了，我摇摇头。

★肯尼亚的红茶和咖啡也非常出名

那个人拿出一个本子和一支笔，说："没关系。肯尼亚人民和中国人民是好朋友。我们的习惯是，肯尼亚人民先说一个价格，然后中国朋友说。"他在第一行写下"1. Kenya　USD85"，然后又把价钱叉掉。"中国朋友说85美元不好，我也认为不好。"他在第二行写下"2. China　"，把本子和笔塞给我说："现在由中国朋友说个价格。"

85美元也就是8500先令，这个价格实在高得离谱。"你这个价格太高，远远超出我的期望值，还是不说了。"我想以此回绝。

那人十分顽强："肯尼亚人民和中国人民是好朋友。中国朋友说什么价格，就是什么价格。你就写吧。"

无奈之下，我在第二行写下"USD 10"。本以为会遭到他的白眼，没想到他说："我去问一下，马上回来答复你。"这才是朋友应有的风范。

少顷，他回来在本子的第三行写下"USD 55"。我摇摇头，准备离去。他赶紧拦住我："中国朋友给一个数字嘛。"我坚持，10美元。

★串珠和木雕均为肯尼亚
特色手工艺之一

　　这时，他看到我包上插着的签字笔，让我取下来给他看。他端详了半天说："我很喜欢你的笔，这种笔在肯尼亚不多见。你可以拿笔来和我换。"

　　"一只笔换一个木雕？"我有些惊讶。"这笔快没有墨水了，你也要？"那人没有理会，在本子上叉掉了"USD55"，写下"USD38"。"38美元加你的笔，换这个木雕。"我摇摇头，转过身去。

　　男子毫不气馁："我喜欢你的笔，你就给个数嘛。"

　　那厢，Sissi看上了一个工艺品，摊主特意说他可以易货交易。Sissi拿出我们在网上买的手表，摊主表示接受。可是价格一轮一轮谈下来，最后，摊主说："你这个手表根本就不值钱。"Sissi被惹毛了，拉上我往回走，但仍有四五个人簇拥着我们一直到上车。

　　和我谈价钱那人急了，在车门关闭之前，把木雕扔在我们身上说："12块就12块吧。"从85美元的天价落在地上变为12美元，做"朋友"就是要顶"天"立"地"啊。但这时候，我们已经丧失了任何在此处购买东西的欲望。Ben转过来头来，对我们说："如果你们不想买，就赶紧还给他们。"Sissi赶紧把木雕塞回去，Ben又劈里啪啦说了车外的小贩们一顿，大意可能是，别人都不愿意买，别老缠着了，我们这才得以关上车门，闪人加闪车。Ben说，他们自己都很少来，因为这里太乱了。

　　总的来说，马赛市场能买到不少东西。我们原以为地摊上不会有精致的货品，刚才匆匆一瞥，货品摆放有致，不少看起来还不错，可惜没能拿起来细看。如果没有这么一群人缠着我们，我们很有可能满载而归。在City Market无人理会的砍价，这里则收获很大，85美元砍到12美元。如果安全有保障，时间充裕，习惯这里的氛围后，应该可以淘到不少东西。

　　小贩的话虽然动听，但是不能全信，毕竟在商言商。不过，我们在Nakuru碰到一群修路工人，他们也对我们说"中国人是肯尼亚人的朋友"。这个，我们相信。

攻略

行程

第1天　在我国香港乘飞机，在多哈转机。

第2天　下午抵达内罗毕，City Tour；宿Sarova Panafric Hotel。

第3天　从内罗毕去往安博塞利，在安博塞利国家公园（Amboseli National Park）内
　　　　Afternoon Game Drive；宿Kibo Safari Camp。

第4天　安博塞利国家公园内Full Day Game Drive，参观马赛村；宿Kibo Safari Camp。

第5天　从安博塞利经内罗毕赶往纳库鲁，纳库鲁国家公园（Lake Nakuru National
　　　　Park）内Afternoon Game Drive；宿Sarova Lion Hill Game Lodge。

第6天　纳库鲁内上、下午各一个Game Drive；宿Sarova Lion Hill Game Lodge。

第7天　纳库鲁Early Morning Game Drive后赶往博戈里亚，博戈里亚国家保护区（Lake
　　　　Bogoria National Reserve）内湖边游览；宿Lake Bogoria Spa & Resort。

第8天　博戈里亚—早湖边游览，赶往凯里乔（Kericho），下午在酒店花园内闲逛；宿
　　　　Kericho Tea Hotel。

第9天　一早简单的Tea Garden Tour，赶往马赛马拉，在马赛马拉国家保护区（Masai

Mara National Reserve）内去酒店的路途中做Afternoon Game Drive；宿
Mara Serena Safari Lodge。

第10天　马赛马拉内Full Day Game Drive；宿Mara Serena Safari Lodge。

第11天　马赛马拉内Morning Game Drive和Afternoon Game Drive，宿Mara Serena Safari
　　　　Lodge；包三餐。

第12天　从马赛马拉赶往奈瓦沙（Naivasha），在奈瓦沙湖中做Boat Ride，上新月岛漫
　　　　步；宿Naivasha Sopa Lodge。

第13天　上午爬隆戈诺特（Longonot）火山，下午去"地狱之门"国家公园（Hell's Gate
　　　　National Park）；宿Naivasha Sopa Lodge 。

第14天　由奈瓦沙回内罗毕，购物，然后下午去机场，乘机经多哈到我国香港。

跟团还是自助游？

　　设计行程和旅行方式的时候，按照我们一贯的作风，尽量自由行，也就是不选择旅行社的
现成线路。不过，肯尼亚和欧美国家不同，各个国家公园、保护区之间交通不便，景区内酒店分
散，数量不多。还有一个十分重要的因素，在国家公园内观看动物对于绝大多数的动物盲而言
还是有一定危险性，需要一个导游的陪同，而寻找居无定所的食肉动物更是一个技术活，这方
面当地导游的作用无可替代。所以，对于多数时间有限的游客而言，出发前计划好线路，预订
好车辆、导游和酒店，能让行程更紧凑和尽兴，这样就需要向当地旅行社（Travel Agency）购买
这类服务。

　　不过，通过旅行社安排旅行也不代表要参加旅行社组织的旅行团，那样虽然价格会便宜一
些，但并不符合我们的作风。我们喜欢自己设计行程，按照自己的想法安排活动，让自己玩得

更尽兴。所以我们只是请旅行社代理了住宿 、包车及向导,部分酒店是含三餐的。行程和时间都由我们决定。包车的好处是减少换车、等人、中转等耗费的时间,尤其小朋友的活动空间大了,不会对旅途感到厌倦。

行程设计

我们设计行程的原则是：不赶路。换句话说,就是限制旅行地点的数量,从而保证每段行程的质量。

第一,国家公园里的野生动物,不是"野生动物园"里坐在笼子里等待游客的动物,所以停留的时间越长,看到各种动物的几率就越大。

第二,为了看到更多更丰富的细节,要静下神来,放空大脑,用心观察,细细体会景致的味道,所以时间就是最重要的因素。

第三,对于小朋友而言,过多地更换地点,也会让小朋友处于不停地适应环境之中,不利于小朋友的休息和玩耍。

考虑到以上因素,我们最后忍痛放弃了蒙巴萨,专心看动物吧!

最初确定的必去的国家公园和保护区是：

安博塞利(Amboseli)——看乞力马扎罗雪山和大象,前者为主。安排两晚住宿。

纳库鲁(Nakuru)——主要目标是火烈鸟,如果运气好的话,可以看到花豹和犀牛。

博戈里亚(Bogoria)——唯一的目的就是当火烈鸟不在纳库鲁的时候,这里可以看到火烈鸟。距离纳库鲁很近,住宿一晚。由于游客稀少,我们"独霸"风景的感觉真的很美妙。

马赛马拉(Masai Mara)——塞伦盖蒂大草原的一部分,肯尼亚动物数量最多、种类最全的地方,《动物世界》里动物大迁徙的地方,也是本次旅游的高潮,因此安排了三晚的住宿。

奈瓦沙(Naivasha)——与纳库鲁和博戈里亚同处裂谷地带,这里我坚持添加一个可以徒步的景点,活动一下筋骨,隆戈诺特(Longonot)火山和"地狱之门"国家公园(Hell's

Gate National Park）可以徒步。事后证明，这个地方是一个意外惊喜，尨尨尤其喜欢。

　　凯里乔（Kericho）——肯尼亚著名的产茶区。除了动物世界，我们还想接个地气，了解一下肯尼亚的人类社会，于是我们就把凯里乔列入了行程。事后才发觉路上时间花得有些不值。

　　定下景点之后，就是如何排列各景点之间的顺序。为了不至于一开始看完所有的动物而导致后面的行程出现审美疲劳，我们把动物最少的安博塞利放在了前面，而把动物最多的马赛马拉排在了后面，动物数量介于两者之间的纳库鲁则放在中间。原则上三地之间的往返都要经过内罗毕，因此这个顺序不会给行程造成额外的负担。

住宿选择

　　车程基本放在了早餐和 Morning Game Drive 后，为了节约时间，所以午餐吃得较差。

　　住宿方面，在内罗毕有各式酒店（Hotel）可以选择，网友攻略中的酒店基本与旅行社推荐相同，我们访问酒店的网站查看酒店图片以及酒店环境，从而选定了住宿的酒店。如果想住得更有"品质"，可以选择一些有名的连锁酒店，例如 Serena。

　　在景区的住宿（Safari Accommodations）通常分为三类：高端的豪华帐篷式酒店（Tented Camp），中档的度假村（Lodge），露营（Campsite）。第一种价格比较昂贵，规模通常不大，很可能没有围墙，地点都很独特，有着独特的风景和感受。英国威廉王子和凯特度蜜月的地方就是这种帐篷式酒店。度假村的规模相对要大不少，房间通常为独立或合拼的小屋，有的也提供帐篷式小屋，设施完备，和酒店很相似，餐厅、酒吧、泳池都一应俱全。露营的舒适性在三者中最低，当然价格也最便宜，露营区配备有公共的简易洗手间，热水限时提供，自搭帐篷（旅行社提供），自备睡袋（可以向旅行社租用），自带厨师（旅行社提供），露营区因为没有围墙，所以半夜可能会和野生动物发生亲密接触。

　　我们结合 Lodge 的位置和景观，例如是否可以看见乞力马扎罗山，是否在公园内或附近是否靠近动物聚集区等,选定了一些 Lodge,然后在与旅行社砍价的过程中,如果对方实在无法降价了,就要求旅行社在价格不变的情况下升级更豪华的 Lodge,变相砍价。

Safari旅行社的选择

此次旅行计划中最重要的一步就是选择旅行社,因为车辆和导游兼司机都由旅行社提供,旅行社服务的好坏直接影响旅游的心情和质量。肯尼亚当地旅行社数量很多,竞争激烈,价格自然比国内旅行社便宜不少。对于我们而言,语言不是问题,预算才是关键。我们根据《Lonely Planet》以及一些网友攻略的推荐,选择了八家信誉还不错的旅行社,发出 Email 去询问旅行的具体方案和报价。

这些旅行社的响应时间有快有慢,方案的样式基本相同,行程的先后顺序也大致相似,差别最大的是价格,最高的 USD11,760,最低的 USD7,355。一部分差价在于酒店的不同;更大的差价来自于旅行社本身,其中有两家旅行社在 LP 中的介绍就是专做高档 Safari。儿童费用的差异也有些大:有的旅行社按成人费用的 50% 计算,有的大于 50%,有的低于 50%。

就行程规划而言,只有一家旅行社告诉我们凯里乔路途遥远,建议我们取消,改为上下察沃。可惜我们没有听,因为其他几家都没有提出这个问题。经过两轮和旅行社的 Email 讨论,我们先统一了行程,然后开始最让人兴奋的步骤——砍价。

为了看起来更像个谈判行家,我们特意用了个专业词汇 BAFO(Best And Final Offer),要求旅行社给出最后报价。旅行社多数都象征性地降低一些价格,然后就说价格已经最低,无法继续降价。这时,我们就要求旅行社升级酒店,变相提高性价比。我们最终选择的旅行社报价最低,但提供的酒店档次却超过大部分旅行社(除了那两家专做高档生意的)。通常旅行社会要求支付预付款才开始预订酒店,也有人到了肯尼亚见面后才付钱,但这样就无法保证酒店是否有房,所以我们没有采用。出于习惯,也是为了降低风险,我们大幅度修改了旅行社的格式合同，添加了很多保护我们利益的但完全合理的条款，指定导游，甚至要求提供酒店预订单。我们一直追着旅行社，直至收到酒店预订单扫描件后才结束与旅行社的联络工作。

另外还有一种方式，就是选择酒店的 Safari。游客可以通过网站直接向酒店订房，各个景区之间乘坐飞机往来（通常要在内罗毕中转，不过不是所有的景区都有机场，例如博戈里亚就没有），然后参加酒店组织的 Safari。我们估算了一下价格，也还不错。

带孩子旅行

出来之前，我们还有一个很大的担心——龙龙。毕竟他只有五岁，加上路途颠簸……不过，龙龙的表现出乎我们的意料，我们基本不用照顾他。

此次旅游龙龙比较"乖"的原因，我们分析了一下：一是龙龙确实更加懂事了，我们只要讲清楚道理，他都会服从；二是车子的空间足够大，让他好动的天性不至于被过多地压抑；三是让他有参与感，当龙龙开始丧失单纯看动物的兴趣的时候，我们让他当摄影师参与另眼看动物的过程，我和他一起扮演侦察兵，比赛找动物，Sissi 和他合唱喜欢的歌，让他获得旅行的乐趣；四是安排了徒步等项目，事实证明，龙龙最喜欢的正是奈瓦沙的两次徒步；五是给予龙龙尽可能的自由，不干涉他的行为，不强迫他做不愿意做的事；六是出门前让他自己挑选，用自己的旅行箱带了一箱子的玩具和图书，他闷的时候，总能给自己找点乐子。

图书在版编目（CIP）数据

迷失东非 / 颜浩，黄玉玺著 . —— 青岛：中国海洋大学出版社，2013.1
ISBN 978-7-5670-0221-0

Ⅰ . ①迷… Ⅱ . ①颜… ②黄… Ⅲ . ①游记 – 作品集
– 中国 – 当代 Ⅳ . ① I267.4

中国版本图书馆 CIP 数据核字 (2013) 第 008211 号

.

出品统筹　臧　　杰
责任编辑　滕俊平
特约编辑　冷　　艳
装帧设计　良友创库・李欣

出版发行　中国海洋大学出版社　　青岛市香港东路 23 号
本社网址　http://www.ouc-press.com
电子邮箱　cbsbgs@ouc.edu.cn
策　　划　青岛日报社良友书坊　　青岛市太平路 33 号
联系信箱　liangyoubooks@126.com
印　　刷　青岛双星华信印刷有限公司
版　　次　2013 年 1 月第 1 版
印　　次　2013 年 1 月第 1 次印刷
开　　本　24 开
字　　数　82 千
印　　张　8 $\frac{1}{3}$
印　　数　1–6 000
书　　号　ISBN 978-7-5670-0221-0
定　　价　42.00 元